내 영혼의 자리

들으며 느끼며 지나온
시간의 흔적

내 영혼의 자리

김 봉 겸

그린아이

또 한 번의 변명辨明

나는 기축생己丑生 소띠입니다. 어려서는 세속적 얘기로 4월생이라 늘 바삐 살아야 할 운명이라는 말을 많이 들었습니다. 어떻든지 요즘 말로 흙수저로 태어난 내가 태생의 빈한한 터를 일구자니 아침부터 바빴지만 그래봐야 허탕이기 일쑤였습니다. 그럴 때마다 나는 타고난 나의 소를 앞세워 모질게 채찍을 가하였고 성에 안 차면 사납게 끌며 내가 앞장서기도 했습니다.

그러다가 가정을 이루고, 이내 밥상머리에 두런두런 네 식구가 둘러앉게 됐습니다. 그때쯤부터 내 성깔을 알아챈 나의 소는 먼저 일어나 길 떠날 태세로 대기하였습니다. 나의 육신은 아직 배고프나 영혼의 목이 마름을 느끼기 시작한 것도 그즈음이었습니다.

아하! 내 소의 등은 나를 태우기 위하여 주어진 자리라는 사실, 내가 내 소의 등에 얹혔을 때에야 소와 내가 다 가벼워질 수 있다는 사실, 이 진리를 깨달아 지켜가면서 비로소 하늘의 푸르름이 이마를 적시며 시원스레 가슴으로 내려앉았습니다.

그리고 세상에 익숙해진 나의 소는 지천에 널린 푸른 풀로 넉넉히 배를 불리고 나의 소와 내가 하나가 된 우리는 세상 가운데 뚜렷이 새겨진 천상의 길을 찾아들었습니다.

빡빡하여 틈이 없던 내가 천상의 하나님께 기도를 하게 되면서 메말랐던 내 영혼의 자리에 물기가 돌고 신비한 울림이 감동으로 나를 감싸고 돌았습니다.

여기 실린 글들은 지금까지 살아오면서 내 영혼의 자리, 그 갈피와 여백에 깨우치는 소리로 또는 감동의 울림으로 차곡차곡 쌓인 시간의 흔적이라 할 수 있습니다.

　그러니까 내가 하나님께 기도를 하게 되면서부터 마음에 들려왔고 심령을 울려주던 순간의 느낌들을 바로바로 메모하여 정리한 글들이며, 나는 그렇게 쌓여 있던 그 글들 중의 일부를 정리하여 2017년 봄에 『잊혀지지 않은 약속 그 진실함』이라는 소책자를 낸 적이 있습니다. 그때는 곧이어 두 번째, 세 번째 책을 내보겠다는 생각을 했었으나 4년이 지난 지금에서야 이 책을 내게 되었습니다.

　이 책은 바로 그 속편이라 할 것이므로, 여기에 "변명"이라는 제목으로 적었던 위 소책자의 머리말 중 일부를 인용하여 이 말을 마치는 글로 삼고자 합니다.

　[인용문]　이 책은 새벽기도와 가정예배, 그리고 친지들 가정의 결혼과 내 자녀, 손 들의 생일 등을 맞아 기도하는 중에 마음에 떠오르는 생각들을 쪽지에 적어 그때마다 당사자에게 전해주고 저장해 둔 것인데 이를 모아 단행본으로 엮어봐도 좋겠다는 몇 분의 의견을 구실 삼아 발간하게 되었으며, 혹시 기회가 온다면 속편을 내보고 싶은 생각입니다.

차례

제2부 소 리

차례

제4부 울림

제1부

갈피

내 영혼의 자리

돌아보면 천수天授 칠십을 사는 동안에
언제나 하늘은 내 편이었습니다
나아가지 못하고 숨을 몰아쉬며
천지간天地間에 홀로 막막하던 때에도
어느 순간엔가 빛이 흘러들어왔습니다
슬픔은 조용히 흘러갔고
아픔도 고여 맴돌지 않았습니다
천하에 송곳 하나 꽂을 곳이 없었는데
세상에 누구 하나 기댈 만한 이 없었는데
하나님은 그런 나를 감동케 함으로
내 영혼의 자리 그 갈피마다 여백마다
소리로 채워지고 울림으로 지나가게도 하여
충분히 아름다웠다고 고백할 만한
내 인생을 살아가게 해 주셨습니다
이제는 덤으로 얹힌 삶처럼 살지 않다가
돌아가는 날에 한결 가볍기를 소원합니다.

늦바램

어제를 기억하며 살되
매이지 말자

오늘에 감사하며 살되
자만하지 말자

내일을 꿈꾸며 살되
허황되게 끌리지 말자

가야 할 때를 모르되
목적지는 분명하게 살자.

성찬

몸을 찢어 살과 피를 나누라시니
그는 찢기고
우리는 찢는다
다 찢기고 쏟아 주시니
둘러서 먹고 마심으로
서로 녹아 하나가 된 우리는
죽지 않을 생명으로 다시 산다

흥분하여 치켜든 망치를
피하지 않으리니
서둘지 말고 똑바로 박으라시던
그와 함께 십자가에 못 박힌
우리의 죄는
어둠 따라 물러간다

은 삼십을 돌려받고
제 목숨 끊은 자를 욕하면서도
우리의 음모는 멈출 줄 모르는데
그의 이김은 끈질긴 기다림이고

아침 해처럼 날마다 떠오르는
눈먼 사랑이다

이날을 잊는 자는 죽고
믿는 자는 영원히 다시 죽지 않으리라시는
그 말씀을 다 이해하지 못하는 우리까지도
비로소 진정한 평화를 누린다.

빈 약속

중학교를 졸업한 지 오십 년이 훨씬 지난
재작년 여름에 그의 전화를 받고
이런저런 몇 마디 끝에
한번 보자면서 끊었다
서너 번 또 전화가 걸려왔지만
언제 밥 한번 먹자는 말로
실없는 통화를 끝내곤 했다
사실 반가울 사이도 아니고
급히 만날 일도 없으니
그냥저냥 건성으로 한 말이었다
그러다가 느닷없이 부음을 받고
허전한 그의 빈소
분명히 할 말이 있는 듯한
백발의 그 영정 앞에서
주춤대며 밥술질하다 보니
길은 돌이킬 수 없이 갈라지고
이생의 내 하루도
빈 약속처럼 날아가고 있었다.

궁금

사람의 겉과 속이 다르지 않다면
더러운 사랑은 없을 거다
겉은 다 멀끔하니까

공연이 끝나기 무섭게 무대의 불이 꺼지면
사람들이 빠져나간 객석만 환하다
무대와 객석의 명암이 뒤바뀐 거다

막이 내리면 내 인생의 자리는
어두울까 환할까.

멍에

죽음의 언덕에 선 그의 등엔
거친 나무 십자가가 걸리고
그 위에 세상 죄가 얹혀졌다
사랑이라는 이름의 그 끈 때문에
꽉 잡은 두 손
세찬 바람은 견딜 만하다
모멸의 시선도
맘대로 떠드는 악담도
다 견딜 만하다. 그러나
자기 죄를 다시 끌어내려 매달린
자기 죄를 놓지 못해 끌려 다니는
저들의 무게가
어깨 떨어지는 아픔으로 저며온다
큰 사랑의 대가가
큰 고통으로 여전하니
언제까지냐
시간은 서두름이 없지만
시간은 기다리지도 않아
해는 서쪽 바닥을 뚫고 있다.

소란의 진원震源

겨우 든 잠이 깬다
아직 한밤중이니 캄캄하고 조용하다
한번 깬 잠이 쉽게 다시 들지 못한다
몇 번 뒤척이는 사이에 주변이 소란해진다
온갖 소리가 멀리서 가까이서 울려댄다
뭔 일이 벌어진 건가
숨죽이고 귀를 기울여본다
그건 나이들어 고장난 내 귀에서 울리는 소리
그건 나이들어 고장난 아내의 코고는 소리
갑자기 세상이 소란해진 게 아닌
인생의 낙엽이 구르는 소리다.

고별告別

새 한 마리 또 떠나갔구나
숲은 그냥 고요한데
여기서 고운 노래를 부르던
외롭던 그대여
어디로 그리 급히 가셨는가

꽃 한 송이 또 떨어졌구나
숲은 마냥 잠잠한데
여기서 고운 색깔을 펼치던
외롭던 그대여
그리 급히 어디로 가셨는가

찬란한 햇살이 낯설어
외롭던 친구여
이 작은 숲을 떠나
저 높고 큰 산에서
맘껏 노래하며 꽃피우게나

마음 줄 이 없었고

가슴 틀이 없었던
황량한 이 세상을 훌훌 벗어나
모두가 동무되는 새 세상에서
결코 외롭지 말게나

여기 남아 그대의 부음 앞에
숙연해진 우리도
이제부터 하나 둘 따라가리니
새 집에서 편히 살면서
부디 외롭지 말게나.

*어느 친구의 부음을 듣고.

공상空想

돈, 힘, 이름
그 삼위三位가 지배하는 머리에
관冠을 얹어 놓으니
영광의 똬리를 틀고 있는
영락없는 뱀이로구나.

지금 낙타는 사막으로 돌아간다

낙타는 지금 사막으로 간다

도시를 탐眈하며, 취醉했던
낙타는
여기서 도시를 버리기로 한다

그냥 좋아서 열심히 물들던 도시
쉴 만한 집이야 없어도 좋았다
칙칙한 골목의 냄새도 좋았다
그늘진 도시가 다 좋았다
그렇게 도시의 풍경에 젖는 동안에
육봉肉峰이 쭈그러지고 콧김이 빠졌다
이제 두 눈이 멀기 전에

어서 돌아가야겠다. 사막, 그
불모不毛의 땅이 생명을 살리리니
그 하나의 사실이
낙타의 귀향을 재촉한다

뜨거운 바람의 나라
몰아치는 열사熱沙를 피할 나무 한 그루 없는 땅
목마름을 적실 샘물도 뵈지 않는 곳
아버지가 나서 살고
아버지의 아버지가 살았고
그 아버지의 그 많은 아버지들이 살았었던 나라
거기서야말로
육봉이 살아나고 콧김도 차고
발바닥에 생명을 뜨겁게 느끼고
다시 내일을 볼 수 있으니
낙타는 지금 사막으로 돌아간다

삶이 거칠던 도시의 추억을 벗으며

생각만으로 벌써 되찾은

아주 오래전 처음의 그 익숙함, 그리고 안온安穩함

지금,

낙타는,

모두들 잠든 도시를

떠나

뜨거운 바람, 열사가 몰아치는 사막으로

돌아간다.

*탕자蕩子의 귀환(눅 15:17-20).

진중세례

고향 떠난 이천여 얼굴들
고향 향한 사천여 눈동자들
저들의 영혼을 깨워 본향 소식 전케 하소서
단지 지나가는 한 무리를
우리 편 삼기 위한 행사로 끝나지 않게 하소서
저들의 닫힌 귀를 여시고
저들의 감긴 눈을 여시고
길들여진 습성에서 벗어나게 하소서
가벼운 입으로 하지 않게 하시고
희미한 눈으로 하지 않게 하시고
분별의 귀로 하게 하시어
들음에서부터 생겨나는 믿음으로
깨어나게 하소서
지금이 저들의 생명을 관통하는
영광의 시간으로 새겨지게 하시어
저들의 평생에 한 믿음을 가지고 살아가게 하소서.

*논산훈련소의 진중세례식 때.

흔적

사는 날이 꽤 길어지다 보니
언제부턴가 내 흔적을 의식하게 됐다
사실 그전에 무심히 지나온 길이 더 험할 텐데
바로 좀 전에 지나친 흐릿한 흔적이
이토록 무겁게 나를 누를 줄이야
진작 이런 마음가짐으로 살았더라면
내 삶이 한결 너그럽지 않았을까
용납할 줄 모르고,
양보할 줄 모르고,
사랑할 줄 몰라서 새겨진 굵고 선명한 파열
끊기고 파이고 짓이겨진 나의 흔적은
지울 수 없는 부끄러움인데
난 지금 어쩌면 아무것도 아닌
어제의 흔적에 묶여 있다.

재림

만드시고 만족하셨다는 하늘과 이 땅
그 사이에 이 세상을 놓으시며
사람으로 영원히 기쁘고 즐거워라 하셨건만
여자 쪽으로 파고든 불륜 한 가닥이
유전처럼 흘러내리는 속성이 되었다
무리지은 어둠이 세상을 덮고
하늘을 조롱하듯 외친다
어둠이 이기네, 어둠이 이기네
틀어쥔 허영이 세상에 충일하니
살인, 간통이 음식이 되었다
대신하여 허리를 찔린 그분
박힌 창을 뽑아내니 물과 피가 쏟아진다
한탄의 눈물이다
회한의 핏방울이다
그러나 이내 선한 속성대로
닦는 물과 씻는 피가 되어
닿는 곳마다 받는 자마다
빛으로 생명으로 다가가니
날고 달리는 어둠의 발이 묶이고

흔적이 지워진다
드디어 빛이 회복되는 그날
나팔소리 울리며
그분 공중에 다시 임하시리라.

시간

벽걸이 시계가 11시 5분에 멈춘 지 오래됐다
시계가 멈추기 전에는
시계가 시간을 몰고 가는 시간의 주인 같았다
분침이 앞서고 시침이 뒤서고
거기에 맞춰서 가고 오는 시간 같았다
시계가 멈추면 시간이 멈추고
우주가 멈출까 봐 열심히 태엽을 감았다
그렇게 오랫동안 시계는 꼼짝없이 서 있지만
시간은 홀로 나아갔다
시계는 수명이 있고 시간은 수명이 없다는 사실
꽃이 떨어지고 낙엽까지 다 떨어져 앙상해도
나무는 건재하다는 사실
지구에 꽉 들어찬 모두가 사라진다 해도
지구는 지구대로 남아서 돌고 돌 거라는 사실
결국 시간도 혼자서 자고 깨는
욕심꾸러기가 아니라는 사실
그런 사실들 앞에 겸손히 나아가는 시간과
거기 동행하는 몽매한 나를 본다.

순리

힘들여 산을 오르는 건
젊은이의 패기다

힘들여 산을 내려오는 건
늙은이의 용기다

때를 맞춰서
산을 오르고 내려온다는 건
인간의 순리다.

우리의 정체

스스로 오신, 그

그를 닮음이 우리의 정체이고 삶이다
우리 중에도 생명은 그다
그가 가져가야 할 그의 것
그걸 살리라고 받은 사랑
우리가 사는 길은 오직 사랑
그가 깃발 되어 보여준 사랑의 본
높이 달린 그를 보라
펄럭이며 손짓하는 저 깃발을 보라
우리도 펄럭여야 할 깃발이다

어둠과 죽음의 냄새로 덮인 땅으로
스스로 내려선, 그

우리의 정체는
그를 닮아가는 것이다.

평화지대

언덕배기 작은 예배당은
그 자체로 평화였다
종소리는 구원의 나팔소리였다
보는 이에게는 희망을
듣는 이에게는 평안을 주는
평화의 나라였다
웅장한 건물에는 없는 사랑이
철철 넘치는 예배당이었다
화려한 세상에서는 볼 수 없는
위대한 힘과 창조의 신비함이
언덕에서부터 온 동네를 돌아 감쌌다
낡고 낮게 울리는 종소리는
거역할 수 없는 빛이었다
가난한 이들을 감싸 돌던 기운은
풍진세상이 줄 수 없는 울림이었다
시정의 꽹과리
그 소음이 껴들지 못한
평화의 지대였다.

바람의 자리

세상을 휩쓸던 바람이
산으로 올라
모였다

넘어뜨리던 바람
날아오르던 바람
바람, 바람들

그들이 산에 누워
사단칠정四端七情이 다들
잠을 잔다.

들길에서

아픈 무릎 쭈그리고 내려다보니
발아래 딴 세상이 있다
눈여겨본 일 없어
무심코 밟고 다닌 세상이
살아 꿈틀대고
죄다 합쳐 한 송이 값도 안 될
작은 꽃들로 가득하다
마냥 기쁘고 즐거운
생존이 펼쳐지는데
사람은 밟고
하나님은 일으키시는
경이로운 생명의 향연饗宴이
창조 이래의 역사로 존재하고 있다
해가 뜨고 지는
하루들이 입때껏 지켜낸 장관壯觀
하나님의 솜씨는
어디서나 동일함을 알겠다.

소인국小人國 풍경

진리는 관棺에 들어 장사되고
거짓이 관官을 차고 앉았다
말의 화살이 날아 서로의 가슴에 꽂히고
사랑은 오물에 젖어 쓰레기통에 거꾸러졌다
허상 앞 제사에 사람들이 모이고
위장된 민중이 함성을 지른다
끼리끼리 나눠 먹으며 부르는
평화의 노래
그 뒤편에서는
못다 핀 청춘들이 시들고
남창과 여창의 쾌락이 파도친다
이기적인 머리가 속임수에 넘어가고
땅은 찢겨 디딜 틈도 없는데
거기서 제 잘난 자들이 동서로 갈려
끔찍이도 미워하며 삿대질이다
모두가 불안하여 올려보는 하늘엔
신神을 팔아먹은 자들이 쏴 올린 불꽃이 화려하고
인의 장벽 안에 신의 신음소리 잦아드니
거기 왜곡된 역사는 유유히 흘러간다

그런데, 아! 그런데
세상에 슬픈 자와 아픈 자가 그리도 많은지
마른 언덕에서 못 박힌 혼자는
내내 목이 마르다.

불행한 이유

인생이 불행하다는 그대
세상에 태어나서 행복한 날이 없었다는 그대
불행하지 않다는 이들을 도무지 이해할 수 없다는 그대
그렇게도 불행하다는 그대라면
불행하지 않다는 이들에게 불행한 이유를 대봐라
그래서 그들을 설득시킬 수 없다면
그대는 다만 불행하다는 착각에 빠져 있는 것이다.

길

큰 별 하나 내려와
빛을 가려 죽음으로
보지 못하는 눈
보지 못하던 눈
보지 못할 눈
다 깨어 밝히니
왕 중의 왕이로되
우리 왕이라 외쳐대는 소리 못 들은 척
살아 다시 올라간 후에
눈뜬 자의 길
눈먼 자의 길
확연하네.

세태世態

닥치는 대로 먹어대더니 괴물이 되어버렸다
손은 움켜쥔 채 굳었다
다리는 땅에 깊이 박혔다
입은 그래도 삼킬 걸 마다하지 않는다
보이는 대로 쓸어 담는다
가리고 말 것이 없다
배고프다 배고프다는 으르렁거림뿐
도처에 기념비를 세우고 승전가에 취하고
박수소리에 흥분하여 겅둥겅둥 날뛴다
선무당들이 호위하며 뒤따르며 외쳐댄다
"왕이여, 나의 왕이여, 먹이시는 왕이여"
믿음이 가난한 백성은 안중에 없다
생각의 기능을 상실한 패들이 몰려다닌다
오만의 날개, 무지한 머리
불의가 성품이 된 염소 떼가 되어
시키는 대로 쏠리는 신세다
검은 염소가 판치는 세상에
흰 양은 그냥 잡족이다
추악함을 모르는 추악한 세상이다.

안전지대

가득하던 바다 쓰윽 썰고 나간
갯벌에 무수히 드러난 구멍
가만히 들여다보면
다 임자가 있다
번짓수가 어떻게 매겨졌는지 모르나
제집 찾아 드나드는 주인이 엄연히 있다
과객이라고 아무데나 깃들 수 없고
맘에 든다고 파고들 수 없는
구멍, 구멍들

인간세상에선 볼 수 없는 안전지대다.

수난

아버지의 예정대로 사람들에 의해 씌워지고
인간의 법정에서 확정된 죄의 굴레와
가시면류관과 채찍으로 새겨진 표는
벗어날 길이 없다
팔백 미터 그 수난의 여정은
이 세상에서 보여줄
처음이자 마지막의 장엄한 의식이다
놋뱀이 광야 복판에 걸리듯이
십자가는 골고다 언덕에 섰다

환호하는 사람들을 피해 혼자 산 속으로 숨더니
사람들 앞에 사형수 되어 산꼭대기에 끌려 섰다
떠나 숨을 때는 눈에 띄지 않기 위해
끌려 오를 때는 눈에 띄어 살리기 위해

억지로 덧칠해진 티와 죄로
삼일 동안 세상을 덮어 캄캄케 하였다
그리고 무심한 척 밝음이 다시 밝아왔다.

어머니의 시간

하늘이 보이는 창가에
하얀 새 자리

거기 한 세월이 멈춰 숨을 고른다
망백望百의 눈가에는 한가로운 고요뿐
위아래를 나누던 품계品階가 무너지고
앞뒤를 가르던 서열序列이 사라진
그 세계엔 다툼이 없다
옳고 그름의 언어도 잊혀 간
평화의 자리
거기 젖은 낙엽처럼 무겁게 누웠어도
평생을 짊어진 우주는 구름처럼 가볍다
언젠가 세상을 비우는 날에
애가哀歌는 곱게 접어두고
새 노래로 노래하며 오르리

한 시절이 꿈을 꾸는
겸손한 오후.

기적

겨자씨만한 믿음이면, 한마디로
산이 앉은 자리를 옮기고
뽕나무가 바다 가운데 서도록
시킬 수 있다, 는 말씀에

겨자씨 한 알보다야, 라고 생각하며

산아 저리로 옮겨가라,
뽕나무야 바다로 가서 심겨라, 고
힘껏 외친다
힘이 다하고 나는 무너지는데
산은 부동하여 멀쩡하고
뽕나무는 그 자리에서 푸르다

내 믿음이 이리도 작단 말인가
그때에 귓가에 울리는 음성
이게 믿음이냐
시험이지

소외된 이방인이던 나 비로소
놀라 긴 잠에서 깨어나고
굳어 갈라진 마음의 틈새로
조그만 사랑 하나 들어앉고

눈앞에 기적을 본다.

가을에

깊은 가을날에
흰구름이 높이 한가한데
스치는 바람은 조급하네

늘 푸르리라던 이파리들은
떨어져 땅에 눕고
무심한 발길이 밟고 가네

한구석 세상을 흔든 기상은
기억도 흐릿하고
죽은 듯 숨결이 겸손하네

문득 고개 들어 하늘을 보니
따스한 빛이 내려오고
부드러운 손길에 안심하네

그 자리에 무릎 꿇고
두 손 모으니
분주하던 마음이 평화로 가득하네.

새벽에

나의 새벽을 깨우신
하나님께
나를 드립니다
절대로 하찮지 않다고 하신 나를
아버지께
그대로 드립니다
하나님은 내 이름을 씻으시고
아름답게 꾸미십니다

나는 아버지 손끝의
작은 이슬입니다
외롬의 풀무질을 당한
찬란한 영광입니다
내 이름을 그저 불러주심은
아버지의 사랑하는 마음입니다

나의 새벽은
하나님과 하나 되는
눈물의 시간입니다.

우물 곁에서

불결하다고 회피되는 땅
사마리아 수가에서
목마른 여심女心이
찾은 곳 우물 곁에
불현듯 나타난 신성神性

과거를 씻기고
정결케 하는 그 권세
불문곡직 오직 한 마디가
여인의 아픔과 섞이는
그게 정결예식이었다

하늘에 드려질 진리
영으로 올려라
영으로 만나주리라
출렁이는 여심 앞에 선
그가 그시니라

사마리아 수가성

조그만 우물 곁에서 만난 그가
사막같이 갈한 속맘에
영원토록 목마르지 않고
영생토록 솟아날 샘물이 되었다.

새 생명

땅과 하늘에 사는 모든 것들이
다 졸음에 빠졌을 때쯤
혼자 깨어 있는 가슴은
모래바람으로 가득하다
희뿌연 새벽길, 먼데선 기침소리
부지런히 내딛는 길에 서서히 어둠이 걷히고
뒤따라 다시 어둠이 내린다
새면군데* 박아대던 망치질 소리 그치고
그 못 뽑느라 흘린 땀이 바닥에 질펀한데
그때쯤 하늘에 별들이 사라지고
잠깐의 어둠을 몰아내는 먼동이 트면

새벽을 쓸어내는 미화원의 빗자루가
가로로 세로로 깨우면서
길에다 새 생명을 불어넣는다.

*새면군데: '온갖 곳에', '여기저기'의 뜻.

겨울비

비가 내린다
겨울 하늘에서
죽죽 비가 내린다

늙은이는 철없다 한다
젊은이는 노망들었다 한다

그 빗물이 거친 땅에 파고든다

거기 깊이 잠든 생명을 적셔
봄살이를 일깨울 것이다

이 겨울에
하늘에서
때 아닌 비가 내린다.

세월世越의 바다

하늘의 뜻을 어기고 명리를 세우려는 탐욕이
야훼를 빗대어 아해라 지칭하며
이름 팔아 고혈을 짜고 또 짜내더니
출애굽 때 영웅의 이름을 뒤집어 붙였구나
모세가 능력 있어 바닷길을 낸 줄 아나
가증스럽게 세모라니
거꾸로 공식에 그대로 반응하였구나
열렸던 길 닫으시니 다시 넘실대던 바다인데
세월世越은 또 뭔 소리냐
세상과 세대를 다 오가는 시공의 초월자란 뜻이냐
그 이름을 지어 붙였다고 세월歲越이 바뀌더냐
바다가 닫힐 때 그마저 잠겼으되
깊은 뜻은 알지도 못하고
무고한 어린 꽃들을 끌어들인 건
쫓겨가는 어둠의 마지막 발악이라
하나님이 독생자를 죽여 세상 죄를 쫓아내셨듯
하나님이 소중한 아들딸들의 희생으로
저들의 탈을 벗기려 하심인가.

*세월호 사건을 보면서.

이 겨울의 소망

온 세상이 얼어붙었다
살아 움직이는 건 바람뿐이다
땅도 거기 서 있는 나무도
그 나무를 부둥킨 산도 다 얼었다
꽁꽁 얼어붙었다
햇살마저 차가워 보이는 겨울
모두가 숨죽인, 죽은 듯 고요한 세상
지금은 한밤중 인적도 끊겼다
모두가 시린 방안에 냉기가 흐른다
허공에서 마주치는 입김
그래 지금 땅 속에선 새봄이
가는 숨을 쉬고 있음이야
가슴으로 전해오는 잔잔한 진동은
"너의 값을 다 치렀다"는 말씀의 파도
생명은 그렇게 떨림으로 살아나고 있다
겨울을 이겨라 곧 봄이다
새 땅이 새 하늘 아래에 열린다
조용히 움직이는 섭리의 손길이
조화를 부린다.

새벽길

새벽 전철을 적신 무거운 기운은
삶의 무게인지 세상 짐인지
내뿜어 함께 섞인 고단한 한숨인지

죄다 눈을 감았으니 그 시선을 알 수 없지만
모두 다른 듯하면서도
어딘지 닮은 모습들이다

새벽잠 깨어 나섰든
밤을 지새우고 돌아가는 새벽이든
지금 신바람은 일지 않는다

그 흔한 등산객 차림새도 아닌
그저 하루살이에 피곤하고
삶의 한 편이 구겨진 얼굴들

그래도 정거장마다 내리고 타는 걸 보면
목적지는 분명할 테니
쪽잠 속에서도 꿈을 꾸고

여기 잠시나마 쉼을 누리리라

안주머니엔 로또복권 한 장 들어 있는지
오늘의 만남으로 접힌 삶이 펴질는지
한갓 머릿속의 바람일 뿐이라도

곧 동튼 거리에 내디딜
저들의 정직한 발걸음 앞에
가난한 하루는 다시 소망으로 환하리라.

메모리얼파크에서 1

여기는 인생의 교실이다
시공을 초월하니 죄다 똑같다
다 살았으나 죽었다
다 죽었으나 살았다
산 자들의 발길은 죽음과의 연결이다
끊지 못할 인연의 줄타기다
악연惡緣도 풀어버리는 곳
악착같은 생각도 떨쳐버리는 곳
세상 시간을 끊어볼 맘을 고쳐먹는 곳
그래서 산 자가 다시 살고
죽은 자가 영원히 살게 되는 곳이다
봄에는 흐드러지게 꽃이 핀다
여름은 녹원이다
가을도 장관이다
흰눈 덮인 겨울도 볼 만하니
모두 이웃하여 생시에 꿈꾸던 전원생활을 한다
그냥 고요하고 마냥 평화롭다
여기를 제대로 알 수만 있다면
근심일랑 털어버리고

사는 동안 맘놓고 안심하며 살게 될 것이다
부귀영화가 이리로 오는 날을 조절하지 못하고
빈부귀천 차등없이 동거하는 여기가
곧 우리가 오게 될 곳임을 알았으니
세상이 뭐라든지 흔들리지 않으리
길이 굽든 좁든 옳다면 그 길로 가리
정도正道 그 바른 길은 양심良心이 내는 길이다
세상의 대도大道는 불의가 판치는 곳이다
여기서 보니 화목이 최고라
그리로 통하지 않는 길은 다 악한 길이다
화목하니 망자 앞에서도
웃음소리 넘치고 얘기꽃이 피어난다.

빈들에서

들판을 가득 채운 오천여 명 사내들의 귀가
가난한 입의 말씀으로 울릴 때
그 영혼들은 영광의 풍성함으로 채워집니다
이윽고 오천여 명의 배가 비어진 시각
내민 그 손들마다 골고루 나눠진 떡과 고기로
입이 미어지고 배가 채워집니다
그렇게 빈들에서 일어난 빈손의 기적 앞에
떡으로 미어터졌던 입으로 떠들어댑니다
메시아가 왔다
기다리고 기다리던 그가 눈앞에 있다
먹고 남은 떡과 물고기를 거두라는 말뿐
가타부타 대답이 없습니다
떡을 받아먹은 자, 그 소문을 들은 자
헛소문 내지 말라는 자, 뭔 소린지 모르는 자
그런 자들로 세상이 뒤집힐 듯 시끄럽습니다
나라님으로 삼자말자 소동이 이는데
어디에 숨었나요
당신은 없습니다.

마지막날처럼

오늘이 마지막날인 듯 살게 하소서

욕을 먹은들 참지 못하겠습니까
누명을 쓴들 참지 못하겠습니까
주먹질이라고 참지 못하겠습니까

대꾸하고 대항할 틈마저도
그냥 회개하며 기도하게 하소서

말 같지 않은 말을 들어도
일 같지 않은 일을 당해도
못 들은 척 모르는 척 지나치게 하소서

온통 하늘의 아버지만 바라보며
나의 마지막날을 지낼 수 있게 하소서.

인연

분명한 처음의 때에
하늘 위에서 하늘을 지으시고
빛으로 이 땅에 오신 그 안에
한 씨를 내니 곧 생명이라
피조인간으로 옮겨 심은 그 생명은
하나 아닌 하나가 되고
바라보며 모양새 똑같다
저절로 떠오르던 미소

그 빛이 땅에서 고드름처럼 얼어붙음은
받지 않는 자들의 싸늘함 때문
흐르는 물은 제 몸을 찢어 흘리는 피이니
곧 그 몸 그 생명이라
돌 같은 맘에 그 한 방울 떨궈 녹여내고
비로소 꿈틀거리는 생명음
그래도 화석처럼 여전히 버티고 선
무지한 인생의 무리라니
얼마나 더 많은 핏방울이 튀고 흘러야
숨을 쉬려는가

이미 충분한 양을 쏟아냈건만
아직도 목마른 땅을 바라보는
그가 더 타들고 있다
버릴 수 없는 질긴 인연이 만들고
만들어진 하나 됨으로
꼬이면서 풀리면서 영원히 함께 갈
슬퍼서 기쁜 인연이라.

추수감사

거둬라 거둬라

수고하며 흘린 땀과
부어주신 바람과 비의
귀한 결정이로다
고단함과 눈물을 품어주신
은혜의 열매로다
상실과 찢김으로 가벼워진
순수한 믿음의 세움이로다
비난과 수군거림을 견디며 끌어올린
영혼의 만족이로다
시작과 끝이 다른 거 같으나
섭리 안에서 한 길이로다
커서 견실함이 아니요
많아서 넉넉함이 아니니
가난한 심령을 채워 받은 참 복이로다
삶과 죽음이 결국 하나이나
어떤 것은 수치요
어떤 것은 영광이리니

앞의 것을 딛고 얻어낸
나중 것이 정말 값지도다

이날을 지나 이어질 날들이 복 되기를
다가올 이날이 진정 감사할 수 있기를

모자람으로 갖게 되는 기대는
부족하여 외려 품을 소원이리니
내일로 이끄는 힘이로다
불안한 미래는 합당치 않다
염려는 햇볕 앞의 안개라
고통과 슬픔을 묻어
기도로 키웠으니
감사함으로 거두리로다

온통 은혜와 사랑이신 하나님
정말 감사합니다.

*2021. 11. 21. 추수감사주일 예배 때.

바람

모두가 바람이었다
살 수 있기를 바라는 바람도
만날 수 있기를 바라는 바람도
가질 수 있기를 바라는 바람도
그 바람들이 다 바람처럼 빠져나갔다

모두가 한때 스쳐간 바람이었다
얼마 전 바람소리 들리더니
오늘 바람소리 또 들려온다
젊어 있기를 바라던 그 바람도
그저 지나가버린 바람이었다

아,
인생이 어디 불어가지 않을
제자리의 바위라도 된단 말인가.

*친지의 소천 소식을 듣고.

제2부

소리

소리 1

모든 찬란함 중에서 찾아진 영롱한 진주 한 알
세상은 어두워지나 그 맘은 언제나 밝고 맑네
파묻혀 감췄을 때 문 닫혀 가렸을 때
없는 듯이 있었으나 서서히 드러낸 가치
그 참모습에 모두들 놀라네
때를 위해 거기 뒀고 때를 따라 여기 있네
아무에게나 허락되지 않은 그 하나의 소중함은
한 계절에 지지 않는 꽃
세월에 갇혀 사위지 않는 불
모두를 위한 게 아니니 알아보는 눈이 없더라도
그 가치는 결코 줄어들지 않을 것임을
알고 있네 잊히지 않네
믿고 있네 변하지 않네
슬픈 날은 잠깐으로 잊고
기쁜 날은 와서 길고 길겠네
길의 중간에서 석양을 멀리 보니
은혜의 강물이 앞에 흐르네
바람은 저절로 비껴가고
구름은 길 찾아 흩어지네

그 자리 아름다우니

거기 둘러앉아 새 노래로 부르는 노래가

높이 저 높이 올라가네.

*2018년 아내의 생일에.

소리 2

어디서 와서 어디로 불어 가든
바람은 그저 한 번 왔다가 스쳐 갈 뿐
어디서 온들 어디로 간들
바람이 생명을 낳지 못하느니
마음을 쏟을 만한 걸 생각하고 그럴 일을 하여
허탄한 일에 세월을 낭비치 말라
두 발에 힘이 있고 코끝에 숨이 살았을 때
자존의 소중함을 아껴 누려라
없는 것에 쏠려 있는 것마저 잃지 말고
가진 것의 소용을 따라 즐거이 누려라
슬하의 자식들은 복 중의 복이요
그들의 손에 재능이 있고 머리에 지식이 찼으며
지혜를 갖췄으니 비교할 수 없는 복이라
이런 동행자만으로도 자족을 넘을 분복이라
괜스레 나섰다가 함정에 빠지지 말고
공연히 맴돌다가 올무에 걸리지 말라
생각은 곧고 행실은 바르게 하여야지
마음 없는 짓이 현실로 맞닥뜨리지 않게 하라
꿈은 꿈이고 삶은 깨어 사는 현실이니

헛된 생각에 젖어 오래가지 말고
현실에 탐닉하여 소망의 꿈조차 멸시치 말라
꿈을 현실로 피워내는 위대한 손길을
기다리시는 거기서 만나게 되리라.

소리 3

하늘을 덮은 구름 위로
다시 더 짙은 구름이 덮임같이
마음에 어둠이 가득 찼으니
그 믿음이 어디를 향하고 있는가
입으로는 빛을 말하며
하나님의 전능을 믿는다면서도
머리는 그 공의를 기억치 않고
정의를 생각조차 않는구나
걱정이 끊이지 않고
염려가 어깨를 타고 누름은
그런 걸 즐기듯이 끌어들인 연유라
진정으로 하나님을 경외하는가
인애하신 하나님의 긍휼을 신뢰하는가
어둠의 골짜기를 굳이 생각 마라
죽음의 구덩이를 생각하며
거기 빠져 있음은 웬일인가
어디나 비추는 그 빛은 왜 느끼지 못하고
구태여 어둠을 끌어들여 품고 있는가
깊은 밤에도 새벽의 소망을 가질 것일진대

새벽이 이미 왔음에도
지나간 밤의 그 두려움에 질려 있구나
망상장애를 떨치고 일어나라
편집의 껍질을 깨고 완고함에서 벗어나라
억누르고 짓이기는 그 뭉텅이를
어깨 위에 올려놓을 까닭이 무엇인가
이미 주었건만 평안은 남의 일이 되었구나
왜 스스로 여기기를 정녕 평화가 없다고 하는가
아하,
심령에 기쁨이 없음이
언제부터이고 언제까지일까.

소리 4

닫힌 문 앞에 선 자 누구냐
결코 열리지 않고 열 수도 없는 문이냐
자기 사랑으로 갈 수 없고
자기 영광으로 볼 수 없는
손 털어 빈손으로만 열리고
세상에 눈 감은 자들에게만 보일
빛나는 보좌에 이르는 문
생명에 물을 주니 생명수라 이름하고
생명으로 살아 있는 생명 되게 하니
구원의 문이라
찾는 자 점점 적어지는 시대를 만난 건
깨어 있는 자가 누릴 만한 복이라
곧 오리라 약속하고 올라가신
주님의 얼굴을 뵈올 때가 가까웠으니
그때를 기다리는 그 외곬의 삶은
정녕 혼자 선 힘이 아니요
보이지 않는 큰 손이 끌어당기는 그 힘에 있음이라
우리를 거절치 않으시고
우리로 거부할 수 없는 마음을 먹게 하심은

거룩한 영의 관심이 역사하심이니

그대로 받아라

느끼는 대로 받아들여라

들리는 대로 받들어 따라라

길은 거기뿐 살 수 있는 오직 한 길이니

졸음으로 몽롱할지언정 정신은 흔들리지 말고

꼭 이래야만 하는가 하는 그런 생각은 아예 버려라

분명한 그날이 되면 발로 딛고 손으로 만져지는

소유의 실제를 체험하리니

허탄한 데로 빠지지 말고 한 길로만 달음질하여라

빛과 어둠을 분명히 구별하는 능력을

구하면 주시리라

빛은 빛대로 살고 어둠은 어둠으로 사느니

영원히 상생할 수 없는 그 둘이라

결단하였으면 빛 가운데 분명히 서라

주의 얼굴 뵈올 때가 이르러 저 문이 열리면

당당히 들어서며 웃게 되리라.

소리 5

한 말씀이 있으니
죄인에게는 심장을 말리는 뇌성이요
의인에게는 길을 알리는 나팔소리라
하늘에서 펼치는 빛은
메마른 이의 목숨을 말리는 공포의 열熱이요
은혜 받은 이의 생명을 채우는 볕이라
흑암이 어찌 빛을 원망할 수 있으리
다만 사라져 죽을 뿐이라
입술은 찬양하고 기도하는 소리를 내어야 하리라
저주는 독이요 비난은 화살이라
생각대로 판단하며 소리 내지 말라
되돌아와 쏘는 살이 되고 돌이켜 찌르는 창이 될 것이라
정죄하는 주관자 따로 있으니 입을 다물고 잠잠하라
거침없이 나가다가는
부딪쳐 넘어뜨리는 엄한 바위에 맞닥치리라
몸을 지켜라
마음을 지켜라
인생 도중에 끌려감을 당하지 않게 하고
인생 말년에 볼 영화를 놓치지 않게 하라

사랑만이 모든 걸 살리는
힘이다
능력이다
마음 가득히 사랑하고
가슴은 사랑을 받을 만하여라.

소리 6

오묘하고도 기이하구나
그 생각을 어찌 헤아릴 수 있을까
도무지 그럴 수가 없구나
하늘의 하늘에서 내려온 손이
땅을 훑고 창공을 휘저으며
산을 돌아 바다를 건너는구나
그 손이 닿는 곳마다 길이 나고 문이 열리니
마땅히 들어가야 할 문이요
가야 할 길이구나
보이는 대로 따라만 하면 되련만
외로 꼬인 마음이 눈길까지 돌려
길을 막고 문을 가리는구나
그러나 택함 받은 이여
현혹되지 말라
미혹되지 말라
오판하지 말라
거기 다리가 견고하니 그리로 건너가면 되지만
허공은 떨어지는 자를 삼켜버리기에 맞춤임을 어찌 알랴
가슴을 쳐라

마음을 때려라

눈이 잠들지 않게 하라

분명히 보고 듣고 깨닫는 그게 살 길이다

하늘은 믿는 자들에게 열렸은즉

소망하는 자들의 출입을 허락하리라

마음의 소원을 높이 들어라

구원을 향하여 들어주실 이에게 탄원하라

말씀이 먼저 왔고 인생은 다음임을 알라

또 그다음은 먼저를 따라 이어질 때

생명의 줄로 연결되리라

주신 이에게 감사하라

받으실 이에게 감사하라

범사는 그 안에 펼쳐질 것이니 감사로 채워가라

기도는 문을 꿰뚫는 길이고

찬송은 문을 두드리는 열쇠이며

감사는 문을 출입하는 통행증이 되리라.

소리 7

구름이 비를 쏟아내지 못하고
땅이 싹을 틔우지 못함은 어쩜인가
해가 여전히 떴다가 지고
바람이 사방으로 길을 내는 것처럼
인생은 그어진 길을 가는 듯하면서도
헤쳐진 마음대로 곧은길을 비껴감이 웬일인가
자유는 진리에 갇힐 때 얻어지는 것
의지에 따라 흔들거림은
발을 묶고 길을 막는 올무가 될 것이라
소는 코뚜레를 꿰고 말은 재갈을 물린다지만
인생은 통제할 길이 없구나
어깨에 얹힌 짐이 발을 꺾어 누르고
멍에는 나아감을 막는데
짐과 멍에를 씌운 게 자신이 아닌가
버리고 내려오지 못하며 비워내지 않으니
포화飽和로다
만복滿腹이로다
소유가 짐이 되고 거기 갇힌 삶을
벗어나지 못하는 인생이여

자비를 받아들일 여백이 남아 있는가
내일을 보느냐
내일을 아느냐
오늘로 끝이냐
어제에 묶여 주저앉았느냐
길이요 진리요 생명이라
광야에서부터 들려온 저 소리를
흘려버리지 말라.

소리 8

하나님이 주시는 생각은 강한 힘이 있어
생기가 뻗치는 기상 같은 것인데
사람은 먼저 이해타산의 머리를 굴리며
하나님을 수단으로 여길 생각을 감추고 있구나
하늘이 천둥과 번개를 거느리나
늘상 드러내지 않음은 하나님의 긍휼하심 때문이요
드물게나마 뇌성을 발함은
무딘 영혼을 깨우치려는 선한 마음의 쓰임새라
산들바람이 불어온다고
아지랑이처럼 따스함이 피어오른다고
하나님이 쉬며 자고 계심이 아니니
지으신 인생을 살피고 만물을 키워
천지간에 하나님의 뜻을 펼치고 계심이라
아, 먼지 같은 욕심 때문에
아, 티끌 같은 욕망을 따라서
불구덩이로 뛰어드는 인생이 아닌가
하나님의 사랑을 입은 귀한 백성들아
갈길을 살필지니
당연히 열릴 것으로 여기지 말라

수고하여 깨뜨리고 내버리는 결단 끝에서야

하나님 앞으로 난 길을 찾아갈 수 있으리라

화려한 관을 썼느냐

놀랄 만큼 뛰고 놀며 즐기느냐

마음에 불안이 없더냐

깊은 잠에 들 수 있더냐

하나님의 생각은 다르다는 걸 알아

그 다른 생각을 자기 생각 삼을 때에야

정말 단잠을 이룰 수 있으리라

짧아도 깊은 잠에 빠질 수 있으리라

하나님의 수족이 되어 순종하는 삶으로

그 이름을 빛나게 하라

그다음은 하나님이 하실 테니

기다리고

받고

가져라.

소리 9

구름으로 해를 가리고 물로 땅을 덮음을
한때의 지나갈 일로 여길 게 아니다
어둠이 내리고 물이 가두니
거기서 어찌 목숨을 부지할까
두 손으로 하늘을 가릴 수 있는가
두 발을 땅에서 뗄 수가 있는가
천장에는 거미가 집을 짓고
벽의 구멍으로는 쥐가 드나들고
문짝은 떨어져 덜그럭거리는데
껍질뿐인 덩어리가 장막이고 전殿이 될 수 있는가
이미 폐하기로 정해진 집을 누가 지켜낼 수 있는가
눈은 아직도 번뜩이고 손은 아직도 휘저어대고
입은 아직도 뻐끔거리는데
뭘 보고 뭘 집고 뭘 먹겠는가
양식은 토해내고 오물을 삼키니 살날이 얼마일까
바람소리 괴롭다, 문짝을 흔들고 지나간다
물이 차오르고 구름은 하늘을 검게 가렸다
가슴은 막히고 생각은 마비되고 심령은 악하다
답답하다, 쓰러져 다시 일어날 힘조차 버겁다

환호성은 바람결에 속삭이는 꿈같은 옛일이 되었고
그 함성이 죽음으로 내모는 애가哀歌가 되었지만
다 제 탓이니 원망할 아무도 없다
악인의 돌이킴이 보이고 의인의 몰락을 본다
살 자와 죽을 자가 갈라지기 분명한데
어리석어 분별 못하는 자는 불쌍하나
그것도 자기가 초래한 어쩔 수 없는 몫이다.

소리 10

가증한 것들로 인하여 마음에 찔림이 있기는 한가
그렇다면 구원의 가능성이 있지만
가증한 것은 그려놓은 벽화나
만들어 세운 조각에 한하지 않고
마음속 깊이 내린 질긴 뿌리에 근본하기 일반이니
오호라
선량하였으나 중간에 탐욕이 들어앉고
틈틈이 거둔 짐이 눈을 가리고 생각을 어지럽혀서
마른땅과 진땅의 구별조차 못할 지경이 되고
더러움을 더럽다 못하며 악함을 악하다 못하니
산채로 묻힌 무덤이 아닌가
선지자의 외침 끝에 마지막 날이 닥치리라고
수도 없이 가르치고 들려줬건만
애써 외면하는 것도 작다 할 수 없는 범죄라
세상 따라 바쁜 걸음과 세속에 분주한 손놀림이니
무슨 열매가 있으리요
주인이 떠난 집은 그때부터 폐가이니
무너지고 쓰러짐이 그 증거가 되리라
귀신이 잔치를 하고 마귀가 축제를 벌이는 집 문간에는

분명 높은 자의 집이라 적혀 있건만
그 문패가 그 집을 대표함이 아니라
거기 주인에 따라 그 집의 실상이 드러나니
안에서 들려오는 꿍꽝소리 꽈당소리가
무너지는 소리이고 흩어지는 소리가 아닌가
손뼉 치며 몸을 흔들어댐은 온전한 정신이 아니다
깨어 있어 주의 날을 예비하여야
저리 가라 이리 오라 갈림길에 설 때에
웃으며 길 갈 수 있으리라
하늘의 언어는 말재간에 있지 않고
하늘의 노래는 목청에 좌우되지 않느니
영혼의 울림을 보고 듣게 되리라
아하,
하늘이여,
하늘이여.

소리 11

깜깜하다고 죄가 따라붙는 게 아니다
검은 마음을 파고든 마귀가 거는 발에
방종타가 걸려 넘어지는 것이지
옆구리에는 좔좔 외우는 책을 끼고
몸에는 거룩한 옷을 걸쳤지만
남의 얘기일 뿐이라고 태만하다가
순간에 무릎이 꿇리고 발목이 꺾이고
속임을 당하는 영혼이 된다면
때는 늦고 구해 줄 손길이 멀리라
허풍은 생명에 헛바람이 든 정도이나
죄악에 마비됨은 갱생의 여지가 없으니
불행한 일이라
거짓된 선지 말발에 속지 말라
무지한 선생을 따라 나서지 말라
허나 누가 가르쳐 가려낼 눈을 가지랴
선생들의 눈이 멀었고
그중에 가짜들이 끼어서
어둠 속으로 몰고 가는구나
기름부음이 헛되이 될 수도 있음은

부으심에 저항하는 바람이 살았음이라
구름은 잠깐 있다가 사라지는 것이지만
죄의 고집은 영혼의 주름에 낀 기름때라
뜯어내고 씻어낼 수 없이 더럽게 찌들었구나
선한 소리로 가장하고 아름다운 말로 위장함은
마귀의 본성인데
세상은 그들의 차지가 되었구나
이제는 깨어 일어날 때이니 더듬거리지 말라
여기 생명의 샘이 앞에 있으니
흘러 바다를 덮을 것이라.

소리 12

하늘을 여신 전능의 손이여
나를 두려움에서 건져 평생을 주시고
나의 길을 내어 빛으로 펴시도다
우상 앞에서 내 목을 곧게 하시고
주의 앞에서만 허리를 꺾어 낮추시도다
원수들의 손에서 나를 구하심이여
내가 이제는 원수의 팔을 비틀고 섰도다
내 눈의 장막을 거두시니 의심의 안개가 사라지도다
내 마음을 깨뜨리고 심령을 찢으심이여
소망이 그중에서 피어나게 하시도다
내 길을 막으시니 앞에서 다리가 끊어짐을 목도하도다
거친 바람으로 혼을 빼신 거기 벼락이 떨어짐을 보니
혼비백산은 그때로부터구나
구겨진 삶과 주름진 생각을 슬퍼하시더니
이제 평강으로 부풀려 주시도다
요셉으로 꿈을 풀게 하시고
다니엘로 꿈을 재연케 하심은
주님의 권능을 만국에 나타내 보이심이요
몽매한 자들의 무지를 깨치심이로다

하늘을 가로질러 펼치신 언약의 무한함을 보는
내 두 눈이 복되도다
닫힌 마음을 여시고 친히 불을 넣으셨으니
꺼지지 않는 불로 살아 있으리라
성령의 기름 부으심으로 내 삶이 밝도다
내 집에 임하신 주시여
그 소식이 온 땅에 소문이 되리이다
귀 밝은 자 일어나고 눈 밝은 자 따를 때
은혜로 거둬주소서
연약한 자를 기뻐하심은 주의 인자로다
주의 자비는 구름을 흩어 해를 보게 하시고
그 빛의 생명을 받게 하시도다
주의 영광을 온 세상에 보이시니
내가 그 앞에 자리를 펴고
영원히 주를 송축하리이다.

소리 13

하늘을 덮었던 구름이 걷히고
샘을 막았던 물 근원이 터지고
뼈의 금이 지워지고, 몸의 멍이 사라지고
상처는 씻은 듯이 회복되었네
꽃 진 자리에 열매 맺히고
물 고였던 자리가 굳어지듯이
겨울을 견딘 봄이 따스하고
고난 끝의 안식이 달듯이
인생이 아름답게 성숙할 것이네

흘러가는 강물처럼, 떠나가는 세월처럼
비몽사몽 지난 시간 속에
아문 감정 되살리지 말고
가득하다 평안하다
감사하며 살아가려 하네.

*2017. 9. 14. 낙상으로 입원했던 아내가 퇴원하는 날.

소리 14

마음이 조급한데 손마저 급하니
그 말씀을 듣지 못하고
그 일하심을 알 수가 없다
곧은길을 나타내지 못하여
삐뚤빼뚤 발자국만 어수선하다
빛은 없이 어두움만 가득하며
옹알이는 귀엽지만 지금엔 어울리지 않는다
절대 무한한 자리에 슬쩍 올라타
한 몸인 척하는 모양새니
손 내리고 고개를 숙여야지
우습다 우스워
티끌에 묻혀도 보석은 보석이지만
그대로 내놓기가 민망하다
갈아내고 다듬어야 할 판에 덧칠로 버린 꼴이다
누구나 알아볼 진주를 보여주겠다고 하면서
불룩한 주머니만 가리킨다
그건 제 주머니 자랑일 뿐
장식도 안하느니만 못하고 솜씨마저 어설프니
괜한 눈속임으로 비칠 수 있겠다.

소리 15

왔다가 가는 것만은
그 누가 모르랴만

언제 갈는지 어떻게 갈는지는
그 누가 알랴
어디로 갈는지 이 또한 알 듯 모를 듯

바람처럼 왔다가 바람처럼 간다는 건
있다는 말인지 없다는 말인지
거기에 인생을 대입하여
바람처럼 왔다가 가는 게 인생이라 하면
있기는 하되 없는 것이란 말이 아닐는지

바람처럼 흘러가는 인생이라지만
갈길도 모르고 혼자 떠돌다 가는 거라면
결국 인생은 바람일 뿐이어서
다 헛되다는 의미가 아닐는지.

소리 16

샘물이 가랑잎 몇 장에 흐려지듯이
영혼의 흐림이
한순간의 눈길이나 귀엣소리를 따름일 수 있으니
사소한 것에 유념하자
던진 말 한마디에 벼락 치듯 두드림 당하고
그저 한 번 발길에 피던 꽃대궁이 꺾이리니
갈 때는 올 때를 생각하고
오를 때는 내려올 때를 준비하자
습관적인 왕래가 낭떠러지로 향하고
무심한 언행이 스스로를 얽는 올무가 되리니
때마다 주의하여 언행에 조심하자
사람의 생각으로 마음을 빼앗기지 말고
사람의 감언에 덜컥 넘어가지 말자

살아가는 모든 게 다 조심할 일이다.

소리 17

사람의 말에 기뻐하나
두 번 숨을 쉼도 없이 다 잊어버림은
영혼이 그 기쁨에 동참하지 못함이라
영혼아 귀를 열어라
땅의 아우성을 담지 말아라
다만 하늘에서 들려오는 말씀을 구별할 줄 알아라
그리고 깨어라
이 새벽은 영혼이 깨어 있어야 할 때인데
세상 소리에 끌림은
영혼을 덮은 욕망이 아직도 살아 꿈틀댐이 아니냐
죽을 것이 죽고 살 것이 살아야
그게 하늘나라의 백성이다
귀가 활짝 열린 하늘 백성의 만족한 영혼이다

봐라,
땅의 아우성은 아벨의 울음소리 외에
들을 것이 무엇이냐.

소리 18

하나님 아버지,
이 새벽에 저를 깨워주셔서 감사합니다
저를 부르신 하나님을 찬양하며 기뻐합니다
가식의 옷을 다 벗게 하소서
정욕의 눈꺼풀을 걷어내게 하소서
탐심으로 가득한 마음을 비워내게 하소서
세상 지식으로 혼잡한 생각을 쏟아내게 하소서
귀가 솔깃한 미혹의 속삭임에 빠지지 않게 하소서

하나님 앞에서 순전하게 하소서
언행으로 하나님을 속이려 말게 하소서
내 생각과 내 이름을 앞세우지 않게 하소서
하나님의 거룩하심과
하나님의 영광을
내 모습으로 더럽히고 가리지 않게 하소서

이 새벽에
온전히 발가벗겨져
아버지의 긍휼하심과 은총으로 새 옷 입게 하소서.

소리 19

칼이 날을 드러내고
저녁 빛이 거기 피의 색으로 덮으니
그 앞에 초목이 떨고 창이 흔들린다
공중에 가로세로 길을 내니
뭇 생명이 어둠 속에서 흔들린다
크고 높으신 이가 누구이며
생명을 주관하며
사망까지 다스리는 이가 누구던가
이제는 경배할 대상이
누구인 줄 알았으리라
이제는 인생을 맡길 만한 이가
누구인 줄 알았으리라
가죽을 벗기며 피를 빨고
뼈를 깎아 골짜기로 내던지는 자가
누구인지 가릴 줄 알아라
어찌 그런 일이 있을 줄 짐작했으랴만
눈을 똑바로 뜨고 가려내야 살리라
선한 자와 악한 자를
구별할 수도 있어야 하리라

무리에 섞여
무심코 무덤으로 끌려가지 말아라
두 손을 높이 들더라도
소원에 따라 데려갈 자가 다르게 오리라
평안의 빛을 따르고
탐욕의 길을 찾지 말아라
먹고 마시고 쉬고 누움이
누구의 뜻인가
다스리고 이끄는 자 누구인가
산을 오르되 빛의 산에 오르고
욕망의 봉우리에 끌리지 말아라
행로와 장막은 정의와 공의가 이뤄지는
기업의 터가 돼야 하리니
그리 소망하고 바라는 대로 가야 하리라.

소리 20

무릎이 휘청거리고 팔이 늘어지고
혼이 들락거리기 시작하면
문이 닫혀도 놀라지 않고
만약 열릴 때는 알게 하소서
지금의 끝이 결코 마지막이 아님을 알게 하소서
영혼을 지고 사막을 건너는 낙타 한 마리
일을 마치고 우리에 들 때면
비로소 영혼은 날개를 펴고 천상天上의 길을 가는 것
이때 남의 도움 없이 날 수 있을 때까지
데려감을 당하지 않는 것
먹고 마심에 혼란이 거듭되면
그때는 낙타를 버릴 때가 온 걸 알게 하소서
그 후 두려움으로 부끄러운 존재 되지 않게 하소서
내 주를 향한 사랑만은 식지 않고
뜨거워지게 하소서
나중 모습을 추하게 만들지 않게 하소서
오고감을 깨달아 저절로 따르게 하소서
버리고 내려올 줄도 알게 하소서
잊혀지는 데도 익숙하게 하소서

아름답게 줄어들고 작아지는 것
그런 삶으로 다하게 하소서.

소리 21

길 위에 묶였던 한 세월을 떠나보내고
푸른 동산의 소망을 되찾게 하소서
너도 나도 바로 보지 못했던 건 억울함이니
천지조화를 주장하지 못하는 사람들이
한 분의 자비하심 믿고 용서를 구하게 하소서
지는 해는 감사하게 보내고
오는 해는 기쁘게 맞게 하소서
이제부터는 잃고 잊었던 위아래의 순서에 따라 순명하고
앞뒤 양옆의 질서를 따라 화목하게 하소서
동과 서는 까닭 없는 다툼을 그치고
남과 북은 깨진 신뢰를 회복하게 하소서
소수다 다수다 나뉘느라 소중한 날들이
속절없이 시들지 않게 하소서
빨갛다 하얗다 다투느라
사이에 낀 벌거숭이들이 헤매지 않게 하소서
큰 자들이 스스로 작아지고
가진 자들이 스스로 덜어낼 줄 알게 하소서
시끄런 세상 소리에 귀 막으신
한없이 거룩하고 전능하신 님이시여

무소불위로 흔드는 칼끝에 떨고 있는
인생들을 불쌍히 여기소서
그나저나 똑같아서
길이 있으니 끝까지 갈 줄로 착각하는
우리 모두의 죄이오니 용서하시고
깨달아 겸손히 돌이키게 하소서

이제 감사히 지는 해를 보내오니
이제 기쁘게 오는 해를 맞이하게 하소서.

*2020.12. 제야의 기도.

소리 22

헛되고 헛된 길에 들지 않고
허탄한 마음을 먹지 않고
겸손히 낮아져서
온유함을 지니며
버림과 비움으로
순수 정직하게
절대 무능함으로
하나님 앞에 서게 하소서

만인 주시 속에 접힌 날개
꺾이지 않음을 감사합니다
결코 불만이 없습니다
그 선하심을 찬양하오니
내 주여,
멸시 천대 앞에 무너지지 않게 하소서
체면 때문에 망신당하지 않게 하소서
분수없이 나대다가 부끄럼 당하지 않게 하소서.

소리 23

그는 춤을 춘다
머리 위에 별들이 빛나고
마당을 나와 벌판을 지나 산으로 오른다
별들은 머리 위에서 여전히 빛나고
하늘을 향해 두 팔을 벌린다, 수없는 반복
하늘을 향해 부지런히 팔을 흔든다
머리 위에선 여전히 별이 빛나지만
춤을 보는 건 하늘 위의 소리다

"내 사랑하는 자야 너는 춤을 춰라
보여 벌판에서 배우게 하라"

캄캄한 구석에서 수많은 뱀들이 나온다
그의 몸을 감는다, 칭칭 감고 조인다
그가 오랫동안 춤을 가르친 뱀도 섞여 있다
그는 숨이 막혀 죽는다
배가 터지고 피가 흐른다
하늘에선 붉은 비가 내리고
그의 머리 위에서 별들은 잠시 눈을 감는다.

소리 24

문을 열어주소서
문을 열어주소서
문을 열어 들어가게 하소서
생명의 안전함이 주께만 있사오니
우리의 길을 펴 인도하소서
신실함으로 나아가게 하소서
순전함으로 나아가게 하소서
정직하게 하소서
거짓과 죄 중에 자고 깨지 않고
모르는 채 허물을 쓰지 않게 하소서
이름 모를 한 포기 풀과
조그만 한 송이 꽃에도
주님의 큰 뜻이 있으며
이파리 하나가 떨어짐도
바람이 불어왔다가 불어가는 것도
다 주님의 뜻에 달렸으니
발걸음 하나 떼기를 두려워하게 하소서
떨림이 당연한 것이니 겸손히 받들되
담대하게 서고 보게 하소서

정직한 눈앞에서야 거침이 없을 것이니
몸을 가리고 마음을 다스리게 하소서
눈에 욕심이 가득하지 않게 하소서
손에 살기가 역사하지 못하게 하소서
영원한 길은 힘으로 가는 게 아니요
진리의 빛을 따라 순종함으로 가는 것이라
반드시 들어가야 할 문이니
들어가기를 주저하지 않게 하소서
세상처럼 들이미는 조건이 없으니
세상 티끌 다 털어내고 찬송하며 들어가게 하소서
불의한 이利로 장식할 수 없는 것
정결함은 빈약한 게 아니라
거기서 볼 참된 아름다움임을
잊지 말게 하소서.

소리 25

기둥이 기울고 대들보가 내려앉으면
인생은 머잖아 무너지고 흩어질 수밖에 없음이
자연의 순리요 인류의 길임을 어찌 모를까
눈앞에 시간이 흐르고 머릿속에 역사가 바뀐다고
산이 움직여 변하고 강바닥이 돋아 오르길 바랄까
하나님의 일이 있고 인간의 일이 따로 있으니
헛된 것 바라지 말고 마땅히 할일을 지켜야 하리라
누구나 때가 되면 산을 넘고 물을 건너게 될 것이요
땅의 소산을 보며 태양이 어제와 같더라도
생산의 줄을 놓을 수밖에 없음을 어찌 모를까
아하! 이것이 인생이며 이것이 창조의 신비가 아닌가
내 할일이 있고 얻어낼 일이 따로 있으니
손을 뻗어도 닿지 않는 것은 내 몫이 아니라
내 손으로 내 장래를 끌어올 수 있을까
내 맘대로 내 소욕을 채워 넣을 수 있을까
한술 밥에 만족함은 배부른 돼지가 알지 못할 천복이다
노래하라 휘파람을 불어라
춤을 춰라 뛰어오르라
신발이 신겼고 옷이 입혔으니 더는 주체 못할 방탕이요

발목이 묶이는 세욕世慾의 끈일 뿐임이라
한 개 우산으로 가릴 비로 알맞은 거지
땅을 뒤집어 넘치는 물은 소화 못할 탐식이라
집을 저수지 밑바닥에 가라앉힐 것이 아닐진대
차라리 아침 이슬만으로 얼마나 신선한가.

소리 26

한때 불다 마는 바람이
우연처럼 일을 불러일으킬 수도 있으리라만
세상을 뒤집을 큰 바람이 그리 쉽게 불어줄까
바람으로 날려버릴 게 있고 물로 쓸어버릴 게 있을진대
사람이 어찌 적수가 될 수 있으리요
결코 상대가 되지 못하겠지만
얻지 못하고 누릴 수 없음에
나 말고 누구를 탓하리요
진리가 갇히고 공의의 문이 닫힘은
큰물을 준비하고 한 바람을 모으려는 구실이라
힘으로 못할 일 나라의 권세로 막지 못할 일을
보게 되리라
순간마다 드리워진 손길로
건져냄과 인도됨의 역사를 보게 되리라
인품으로 끌지 못하고 기품으로 칭찬받지 못하나
중심이 바르면 모여 둘러서게 되지 않으리요
거기 깃발을 곧추세우고 기울지 않아
진실에 한 치 오차를 보이지 말아야 하리라
소리로야 귀에 닿는 자들까지 간질일 수 있겠지만

마음의 파장은 곁에서 듣고 보지 못하는 마음을
두드려 일으키게 되리라
충동적 언행으로 뒤집을 수 없고
격에 어울리지 않는 말은
결국은 자신을 넘어뜨리는 팔매가 되리라
천성이 비단인데 다른 걸로 치장타가
사나운 꼴이 되었으니
벗어버리고 떨어내어 먼저 천성을 회복하는 그게
힘이고 천부적인 능력이라
은도 금도 연단받고 시험당해야 나오는 법이니
설사 손발이 묶일지언정 코가 꿰이지는 말라
가두고 닫는 문소리 요란하나
열릴 때는 조용하리니 굳이 시끄럽게 말라
들끓다가 식어지는 것이 세상인심이니
태풍도 여름 한때의 흔적 없어질 기운이라
일찍이 거센 바람을 일으켰으나
호수의 물결로는 배를 뒤집지 못해
바다의 파도에야 배가 전복될 것인데
바다처럼 보일지라도 호수는 그뿐이라

보여준 것만으로도 큰일을 했음이요
수많은 마음들로 걸음을 모으게 하였음이요
하늘 아래서는 나와 네가 동일하여 우리가 한 죄인인데
누구를 누가 판단하여 정죄할 수 있으리
자랑거리 나열타가 날 새는데 그게 다 누가 준 것들인가
회개의 눈물이 말라
현란한 세상에 가린 그 눈이 궁색하네
얼굴을 땅에 박고 쏟는 눈물이
바로 죄와 더러움을 씻을 샘이 되리라
자랑거리 찢어 던지고, 회개의 물결이 높이 파도칠 때
웅장함을 뽐내는 배 한 척
종이배처럼 찢겨 흔적도 찾아볼 수 없으리라
시대를 흔들고 불려졌으나
다만 지존자의 영광을 위해 가려져야 할 이름
지금 걷는 길이 영광길이 되려면
나중 세상에서 오히려 살아날 이름을 위하여
애써 찾을 길을 가야 하리라.

*2020. 9. 16. 광화문집회를 주도한 어느 목사를 위한 기도 중에.

소리 27

바람에 밀려가면서도
의심의 안개가 시야를 가려
길을 막으니
오, 주여
의심을 뿜어내는 내 몸을 쳐서
믿음의 강줄기를 이루는
근원이 되게 하소서
소원이 있습니다
거죽보다 내 속사람이 변화하여
제대로 중생하고픈 핏빛 소원이오니
세속에 휩쓸려 떠내려가지 않을 그 소원을
영원토록 품고 살게 하소서
왼쪽 눈과 오른쪽 눈의 방향이 달라
내 속이 틀어져 갈라지지 않도록
두 눈 합하여 한 곳을 바라보게 하소서
그리하여 주님의 평안으로 가득하게 하소서.

소리 28

한처음(太初, 창 1:1)에 그 한 말씀으로
존재의 근원이 된 세상.
빛이 비친 후 이어온 인륜의 길은
인생이 되게 한 범성凡性이 되었는데
가로지르는 바람길도 내리흐르는 물길도
다 막혀버린 기막힌 한때를 견디지 못했다
평생을 달고 산 이름 대신
붙여진 번호로 불리기 수나절 만에
홀연히 떠나는 세상,
떨어진 피붙이들과 눈길 한 번 주고받지 못한 채
낯선 손에 들려 떠난다
누가 살아남자고 하는 잔인한 짓인가
어차피 황망히 떠나기를 바라던 그 길이긴 하더라도
어이없고 허무하단 말 전에
이건 아니라는 생각을 해 볼 겨를도 없이
쫓기듯 밀려 세상을 등진다
땅으로 보내져 오던 날이 까마득한데
부름 받아 가는 날은 더 아득하다
아, 돌아가야 할 집이건만

그 가는 길이 이리도 애절해야 하는가
붙잡느라 또는 붙잡혀 살던 모든 게 다 지난
98년 세월을 뒤로하고 이제 속절없이 돌아간다
땅에서 맺은 그 질긴 인연이 너무 간단히 끊겼는데
위에서는 과연 부름의 상賞(빌 3:14)이 무엇일까
땅에 매여 급급하다 붙들고 갈 손을 잡지 못했으니
누가 이끌어 데려다 줄까
어딘지도 모르고 끌려가는 걸까
세상을 사는 것은 결국 돌아갈 때
두려움과 불안이 없자는 준비를 하는 것인데
그걸 모른다면 헛살았단 말인가
한 시절 화려했으나 가는 길은
철저히 홀로 외로운 길임을 믿고 싶지 않았다
이제 걷어진 자리 흔적은 곧 흩어지고 사라질 텐데
물려주고 남겨놓은 것 중에 무엇이 기억될까
결별함으로 이어질 새 것을
미리 볼 수 있었다면 이리도 아쉬울까.

*2021. 1. 3. 98세에 코로나19로 소천하신 분을 생각하며.

소리 29

그대여 천성天城을 볼 줄 알아라
그대여 천성天聲을 들을 줄 알아라
그대는 천성天性을 그릴 수 있어라

천지만물天地萬物을 지어
조화를 이룬 솜씨를 본받아
시온의 광채를 드러내어
보고 듣고 알게 하여라

어둠이 영혼을 가둘 때
침묵하지 않으시고
잠잠하지 않으시고
조용히 계시지 않으시며(시 83:1)

죽어서야 살게 되는
그 험한 길 작은 문이
생명의 대로大路라는(마 7:14)

말씀의 그 난해한 고리를 풀어

영원히 홀로 지존하신 분의
광대무변한 뜻을
널리 펴 알게 하여라.

*2019. 5. 20. 화가인 교우를 위한 기도 중에.

소리 30

참 많은 일을 하셨습니다
참 큰 일을 하셨습니다
정말 잘 살아오셨습니다
성실과 열정으로 이루신 자리에 와 계십니다
여기서 잠깐,
걸음을 멈추고 뒤돌아볼 수 있는 여유
물러앉아 비켜줄 수 있는 너그러움
이런 모두가 정상에서 보여주는 성숙함입니다
이제 걸음이 좀 늦어지면 어떻습니까
이제 시계視界가 좀 좁아지면 어떻습니까
손 내밀면 마주 잡아주는 손이 있고
팔 벌리면 안겨오는 눈망울들이 초롱초롱하니
천천히 걸으시면서,
멈춰서야 맛보는 그 행복에 맘껏 젖어 보시지요
인생칠십고래희人生七十古來稀는 옛이야기가 되고
인생일백다반사人生壹百茶飯事가 요즘 세태世態이니
만세무강萬歲無疆하시며 오래오래 평안하소서.

*2021. 3. 6. 사돈의 칠순 맞으심을 축하하며.

제3부

여백

늦가을 늦은 저녁에

시간을 향해 나아가는 시간 속에서
나의 시간을 바라본다
뜨고 지는 시간이 어울려 흐르는
시간의 물결에 실려 가면서
이제는 지기 위해서 가는 시간이 되어
나의 지난 시간을 뒤돌아본다
한 움큼씩 묶인 덩어리를
늘어놓으니 일흔 굽이의 강을 이루고
쌓아놓으니 일흔 길의 산을 이루고
돌아다보니 한평생이 되었다
꽃으로 피고 비에 젖으며
때로는 가빴고 때로는 외로웠던
나의 시간이 서쪽의 나무 낮은 가지에 걸리고
그 너머로 지는 해가 붉은 날개를 편다
이쯤 해서
늦가을 늦은 저녁의 평온을 누릴 수 있으니
다만 감사할 일이다
아직은 더 걸을 수 있지만
여기서 일손을 거두고 발길을 멈출 때가 되었다

그래도 편지 한 장을 쓸 시간이 남았다면
머잖아 따라올 후예後裔에게
내 이름의 편지를 쓰면서
남은 하루를 살리라.

*일흔 번째 생일 아침에.

인생 1

짧다 짧아 하지만 길다
길다 길어 하지만 짧다
그래서 헷갈린다
끊고 끊지 못해 끓이는 마음
끓고 끓어 끊지 못하는 마음
그러니 헷갈린다
곧은 거 같으나 굽고
굽은 거 같으나 곧고
그렇게 헷갈린다

여기 빛이 있어 어둠을 이기고
거기 어둠 있어 빛으로 죽나니

헷갈림은 잠시이고
갈길은 분명하다.

노망老望

돌아보면 딱히 한 것도 없는데
내 나이 일흔셋이 되었다
삼십삼 세에 모든 걸 다 풀고 가신
예수님보다 사십 년을 더 살고
노인 우대 카드 한 장 받아 쥔
늙은이가 되었다
아직도 이십칠 년이 더 남았다고 하는 말도 많다
그냥 앉아서 죽기를 기다릴 거냐는 말일 거다
하긴 아직도 처담지 못한 욕망에 시달리기도 한다
나태와 탐심은 결코 함께 늙어주지 않았다
사막의 수도사들도 벗어보겠다고
발버둥치다가 말았다는
끈질긴 일고여덟 가지 대죄목大罪目
훨훨 털고 가야지
탁탁 털고 가야지
소천召天 받을 때까지 같이 갈 순 없잖아
그래
버리면서 다시 시작이다.

자유롭지 못한 자유의 나이

나이 칠십이 되어 돌아보니
팔백사십 월, 이만 오천오백육십오 일,
육십일만 삼천오백육십일 시간
헤아리기도 숨찬 그 세월을 살았다
사람이 칠십 년을 살기가 드문 시절에
회갑에서 하나를 못 미쳐 살다 간 두보杜甫가
언감생심 읊기를
인생칠십고래희人生七十古來稀라 했다는데
그럼 난 오래도 살았다
시절을 잘 타고나 대수롭잖게 여직 살아 있다니
다만 들려오는 온갖 소리로 세상은 들끓는데
이상타 뜨겁질 않네
차가운 인심, 싸늘한 천심
사월 하순이라 때는 늦봄인데
아직도 풍경은 불사춘不似春인가

나이 칠십이면
내려놓아 가벼워야 마땅할 텐데
가볍게 바스러질 낙엽이 제격일 텐데

평생을 짓눌린 잔등도 어깨도
가벼운 자유를 누릴 때가 되었을 텐데
사실 등짐보다 더 무겁던 건
위선의 날개였다, 체면치레였다
누군가 인생은 소풍길이라고 했다던데
즐거운 날을 마치고 집으로 돌아가는 가벼운 길
그러나 칠십에 마땅히 누려야 할 그 자유를 막는 건
수치를 모르는 끈질긴 탐욕이다
자유라면 후안무치한 자유일 뿐
아마 죽으면서도 끊지 못할 탐심의 끈
칠십에도 벗지 못하는 헛된 꿈자락이라니
묘 앞에서나 버리게 될 목록을 움켜쥔 채인데

아, 길기만 하던 길
멀어도 한참 멀었던 그 길이
지금 돌아보니 순식간瞬息間이었다.

선택

내 생애의 생로병사生老病死 중에서
어느덧 생로가 지나고 병과 사만 남았다
혹시 병을 거치지 않으면 사로 직행할 것이다
내 수한이 팔십이라 하면
이미 팔십 분의 칠십삼이 지났고
길어서 구십이라 하면 구십 분의 칠십삼이 지났지만
결국은 그게 그거지 뭐 다를 게 있나
내가 내게 해줄 수 있는 거 다 못 해주고
내가 내게서 빼앗은 게 더 많음을 그냥 알겠다
하산下山을 택한 지도 십 년이 되어간다
더 올라가 보라는 말들도 더러 있었지만
내 힘 있을 때 내려오는 길을 택했다
내 발로 걸어 내려오며 주위를 둘러볼 수 있으니
남들이야 뭐라든지 후회가 없다
내가 내게 해줄 말은
참 잘했어, 다.

이 길 다 가도록

나의 갈 길 다 가도록
벗고 또 버리면서 갈 수만 있다면

좁디좁다는 그 문에
가볍게 들어갈 수 있으련만

벗고 버리지도 못하면 이 몸으로
좁다는 그 문 어이 들어갈까

바람이 앞서가네 구름이 따라가네
쉬이 쉬이 가볍게 날아가네

나의 갈 길 다 갈 때까지
바람처럼 구름처럼 가벼워질 수만 있다면.

존재의 가치

하룻길이 단 한 걸음이든
죽어라 달려서 하루를 가든
저녁이 되고 아침이 되기는 마찬가지
백년을 사는 인생과 하루살이의 목숨이
하루 동안의 무게만큼은 다를 리 없다
하루살이는 하루를 백년처럼 살고
백 살 인생은 백년이 하루 같을 뿐이니
굳이 다르다면야 다를 수도 있겠지만
그렇게 세어 본 속셈은 그게 그거라
장단경중長短輕重에 차별이 없다
하루살이에게도 구별된 청춘이 있을 테니
지는 해 앞에는 똑같이 경건해야 한다
한평생이 어떠하든지
바람 빠지는 풍선 같은 끝 날을 향하여
나아가는 길이 다를 리 없다
좀 더 길다고
좀 더 높다고
좀 더 많다고
어허, 자랑 마라

해 아래서 까마득하던 세월의 끝이
벌써 눈앞에 있지 않은가.

노인요양원

등뒤로 문이 잠긴다
과거가 잘려 나간다
이제부터 과거는 없다

앞문이 마저 잠긴다
현재가 거기 저장된다
이제부터 미래는 없다

쪽문이 열릴 때는
적당히 거둬진 인생 하나
떠밀려 사라지는 날이고

이승의 기억을 지우는
마지막 작업은
서둘러 끝내줄 것이다.

오늘도

왠지 시 한 편이 써질 것 같아
서둘러 자리를 잡는다
웬걸 좔좔 터질 것 같더니만
큰 바위가 길을 막는다
한 줄, 아니 한 마디라도 건져보려고
눈을 감으니 생각도 시야도 절벽이다
못 나가긴 어제나 그제나 같으니
일 않는 자 먹지도 말라는 그 말대로
오늘도 밥 먹기는 다 글렀다
한 자도 나가지 못했으니
어찌 먹겠다는 마음이나 먹겠는가
오늘도 괜스레 허기진 밤이 길 것만 같다.

인생 2

고개를 내려가는데
찬바람이 먼저 달려간다

불어와 불어가는 바람뿐이 아니라
흘러와 흘러가는 시간들이
생각을 어지럽힌다

웃을 만한데도 웃을 수 없다
울 일이 아닌데도 울고만 싶다

몸 따로 생각 따로
그렇게 놀게 된 지도 오래다

그러다 보니
내 인생인 줄 알았더니
나 혼자만의 인생이 아니었다.

퇴행성죄인退行性罪人

수년 만에 도진 협착증상이 슬며시 자라나더니
통증의 꽃이 터질 듯 활짝 폈다
왼발을 쓸 수가 없고
누운 몸 돌이킬 수가 없다
겨우겨우 찾아가 오른 진찰대와
엑스레이 촬영실의 시달림을 거치면서
초주검이 되어 치료실에 들어가 엎드린다
여기저기 마구 찔러대는 주사바늘에
내 몸을 장악한 통점痛點이 방어에 나서면서
신경을 깨문 이빨로 마구 씹어댄다
몸속에서 저항하는 아픔을 물리치기 위해
몸 밖에서 못잖은 아픔을 찔러 넣으니
안팎으로 죽어나는 건
퇴행성병변을 품고 웅크린 늙은 죄인이다.

하나님의 일과日課

숨을 쉰다는 것
숨을 쉴 수만 있다면

걷는다는 것
걸을 수만 있다면

하루를 산다는 것
하루를 더 살 수만 있다면

누리고 있는 자와
누릴 수 있기를 바라는 자와

하나님은 오늘도
한판 겨루기를 하신다.

인간승리

두 목숨을 들이부어
꺼져가는 심지를 돋우었다

생명줄 한 가닥을 옮겨 이어
막힌 물줄기를 텄다

사랑으로 한 몸 되어
하나로 다시 세운 끈끈함이다

세상에서 오직 세 마음이 이뤄낸 위대함
죽음과 겨뤄 이긴 헌신이다

누구도 못할 핏줄의 숭고함
인간이 이뤄낸 승리다.

*아내와 딸로부터 간 이식을 받고, 이어서 아내로부터 신장 이식
 을 받은 한 남자의 이야기를 듣고.

영원한 나라로

영원한 공주,
영원한 소녀, 영원한 꽃누나,
그렇게 불리던 그녀가 홀연히 떠났다
영원하지 못한 이 땅을 떠나
늘 따라붙던 수식어대로 영원한 곳으로 갔다
모든 게 다 영원한 나라로
해맑음을 잃기 전에 서둘러 떠나갔다
영원은 언어로밖에 존재할 수 없는 이 땅에서
일상이 다 영원한 나라로 옮겨갔다
화려하나 그 속은 그늘이었다
꿈처럼 만나 꿈처럼 헤어지기도 했다
열매 없을 나무라는 선언을 감사로 받자
한 달 만에 열매가 맺히니 보란 듯이 거뒀다
그렇게 영원한 나라에서나 있을 법한 일로
미련한 눈들을 놀라게 하더니
어울릴 수 없는 어리석은 자들에게서
영원히 떠나갔다.

*2014. 11. 16. 어느 여배우의 소천 소식을 듣고.

승화원昇華院에서

떠난 자의 끄트러기가 소산燒散되는
마지막 한 시간여 동안에도
뒤처진 자들은 분주한데
더러 피곤한 기색, 짜증난 얼굴로
사라지는 시간을 재고 또 재면서
그 지난 시절을 되돌리는 입술들엔
시퍼런 날이 섬뜩하니
어미 마음은 찢기고
형제 사랑은 깨진다
곧 연기마저 사라진 하늘 아래로
제 갈길 각자 가고
무심한 인파 속에
떠난 자는 흔적도 없겠지만
죽지 않은 걸음들이 서성대는 대기실은
여전히 사는 얘기, 자랑거리로
시끌벅적하다.

남은 이유

인생 칠십을 걸어온 길이
정말 꿈만 같다
열심히 산다고 살았는데
일어나기 싫을 만큼 힘들 때 많았는데
지금 돌아보니
그래도 짓눌러주는 무거운 등짐이 있어
가볍게 날려 사라지지 않고
이렇게 남은 것 아닌가.

지는 때

꽃잎 지는가 했더니 가을이고
낙엽 지나 하는 새 겨울이더니
발길은 어느새 어둔 동굴 앞이라

바람 불지 않아도 꽃은 지고
주저앉아 있어도 세월은 가고
앞서거니 뒤서거니
친구들 소식이 분분하다.

메모리얼파크에서 2

점점이 누워들 있다
흔들림 없는 산에서
다툼 하나 없이 조용들 하다
많고 많은 사연들을 들여다보니
제 맘 따라온 경우도 간혹 있는 모양인데
그렇다고 해도 세상이 싫어서였지
여기가 좋아서는 아닐 것이다
여기 오기 싫다고
온갖 짓 다하며 버티다가 오기도 한다
아무 생각 없이 대문을 나섰다가
대책 없이 오기도 한다
잠을 자다가 잠자리를 옮겨오기도 한다
결국은 여기 말없이 모양 없이 누울 것을
치장하고 변장까지 하고
타고난 외모 고치느라 분탕질하고
별별 짓들을 다한다
손가락질받던 자나 손가락질하던 자나
치고 박던 모든 자가 함께 누웠다
옆에 누우리라 상상도 못한 자들과 이웃하여

싫다 좋다 한마디 없이
누워들 있다.

아주 특별한 하루

하루를 지워 다시 시작된
이 하루로
죽음이 죽고
선한 자의 의로운 손으로 장사된 무덤
여심女心의 눈물과 탄식 속에
그 무덤이 봉해졌다

구경꾼이 가슴을 치고
지키던 자가 하늘 뜻을 알았건만
죽기로 따르던 이기심은
세상으로 되돌아갔다

쓴잔을 거두기를 거절한 심정은 알 바 없지만
꺼지지 않을 삶으로 통하는 하나의 문이 드러나고
숨을 조여 오는 어둠의 손을 다 참아내며
스스로 찔려 흘려준 피가
영원으로 가는 그 문을 여는 열쇠가 되었다

죽은 자가 죽인 자와 화해하니

가림막이 걷히고 차별과 구별이 없어졌다
혼자 죽음으로 모든 죽음을 걷어간, 이 하루
죽음에서 삶으로 옮겨간, 이 하루

전능자가 무능자로 머물다 돌아감으로
하늘과 땅이 비로소 맞닿은 이날은
마땅히 기억하여 기념할
아주 특별한
하루이다.

돌아가는 길

휘황찬란한 조명 아래
잘난 사람들의 군무가 한창인데
뵐 듯 말 듯 퇴장하는 뒷모습
남들 뛰놀 때 사라지는 그
음악소리 높을 때 스러지는 발소리

초라한 모습 그대로 오라신다
가벼운 차림 그대로 오라신다

어깨가 가벼워졌다
두 손이 헐거워졌다
누구는 박수칠 때 내려오라지만
그건 주연의 얘기고
조연은 없는 듯 왔다가
그렇게 사라지는 것
부끄럽지 않은 초라함
분수대로 분깃대로
뚜벅뚜벅 흔들리지 않는 고요함
광란 속에서도 지켜낸 지조

조롱 중에서도 걸었던 좁은 길
이렇게 사라지지만
또한 새로운 출발이기도 하다

주님 앞에 가는 길은
흔들리나 무너지지 않는
덜커덩거리나 부서지지 않는
단아함을 지니고 돌아가는 길이다.

미리 보는 장례식

【잔해殘骸】

인생의 막이 내렸다
고동이 멈추고 욕정이 삭아들고
분기와 섭섭함, 서러움과 그리움이 잦아들었다
세상의 얼굴 하나 팔랑팔랑 날아 사라지고
베인 풀처럼 아파하던 젊은 날이
빛바랜 초상肖像으로 액자 속에 갇혀 있다

까마득히 멀기만 할 거 같던
본향은 날숨 끝에 있었다.

【회상回想 그리고 미련未練】

돌아보면 건너뛴 여백이 더 많지만
더럽히지 않으려 한 흔적의 가닥이 그나마 위로가 된다
무얼 찾겠다고 원통하여 한데다 흘린 눈물이 많았다
근거 없이 펼치던 생각은 허공으로 산산이 흩어졌다

못다 한 사랑이 부끄럽게 휘감는다
용서의 불을 지피지 못한 가슴이 못내 아쉬운데

어둠의 경계를 넘나들던 발자국이 자취도 없이 거둬짐은
뵈지 않으나 분명한 세계에 들어감이다.

【인사】
모두들 고맙고 감사합니다
이제 하나님의 부름을 받고 나 돌아갑니다.

내 생애의 결산

사뿐히 디딘 첫걸음은 전적인 은혜였다
나의 연수^{年數} 칠십을 채우니
강건하여야 누릴 연한^{年限}만 남았다
이제부턴 하나님만 아시는 나의 종말이요
내가 지우면서 가야 할 길이다
돌아보면 시작은 까마득한 날이 되었고
고개를 드니 끝이 눈앞에 닥쳐든다
복된 날에 고운 사람을 만나 보람과 감사를 느꼈음은
함께한 이들이 울타리가 되어줌이요
때문에 비바람 된서리 눈발 속에서도 편안하였다
한때의 외로움이나 슬픔은 오히려 기억으로 아름답고
기쁨과 즐거움은 내가 누리는 일상이었다
아침에 올 때는 눈길을 끌지 못했지만
저녁 창살에 어리는 그리움 하나를 품고 갈 수 있다면
더 바랄 수 없는 최상의 생애였다고 여기리라
다만 나의 깃발 아래 선뜻 따라주기를 바라면서도
생각대로 듬직하게 이끌지 못한 아쉬움이 있지만
영생이 아닌 속세^{俗世}에 관함이니 위안이 된다
그러니 이만하면 높고 낮음이 주는 복을 다 누렸다

함께해준 모두에게
진정으로 감사한다.

*칠순날에.

자유

육신의 힘은 빠져가나
영혼이 만족하니
참으로 기쁘다

내 영혼이
손에서 자유케 하소서
발에서 자유케 하소서
생각에서 자유케 하소서
땅에서 자유케 하소서

다 풀려나
이제 평안하게 하소서.

왔다가 가는 길

쫓기듯 도망치듯 시작하여 손잡고 발맞춤이 전부였다
시행착오는 당연했고
주 안으로 들기에는 겪은 게 많았다
넘어졌다 일어나고 흔들리며 바로 섰다
앞이 안 보이는 안개 속으로 맞바람도 뚫고 나아갔다
한 걸음씩 나아갔고 한 칸씩 올라갔다
눈에 띌 만큼 나아갔고 주목받을 만큼 올라섰다
그 사이에 인간의 길 삼십 년과
사람의 길 사십 년을 지났는데
꿈을 이루고 긴긴 행진을 한 건
사람의 길에서 가능한 일이었다
생각과 의지를 다루며 이끄는 주관자가 분명히 있었다
부족함 모르게 넉넉히 채워졌고
뒤따르는 소리가 대열을 넘어 퍼졌다
씨앗의 씨앗이 싹을 틔어 예쁘게 자랐다
적당히 눈도 높아졌고 몸짓도 점잖아졌다
받은 바 적잖고 잡은 게 크니
이름이 불려지고 얼굴이 알려졌다
폭양 피할 그늘이 드리워지고 바람막이 울타리가 쳐졌다

적지만 나눠주고 일으켜줄 수도 있었다

시험을 받고 모함을 받았다 한들

한때 불다 간 바람이었다

늘 새롭되 낯설지 않음은

익숙히 여기게 하는 손길 때문이었다

움이 트고 꽃이 피었다

줄기를 뻗고 가지를 내니 울타리를 넘고

바다를 건너 큰 세상을 보고 넓은 세계를 품게 되었다

우리만의 노래가 아니고

함께하는 기쁨을 생각하게 되었다

우리를 깨운 기운으로 남을 깨우고

우리를 일으킨 손길로 남을 일으키고

우리를 살린 능력으로 남을 세우기 위해서도

기도하게 되었다

세상 앞에 비굴하지 않았고 인간에게 아부하지 않았다

오직 주님만을 높이며 살아

그 큰 시선 안에서 온전할 수 있기를

어느 날 잠들어 천국에서 깨어나

놀라운 기쁨에 묻힐 수 있기를 바라며

살아 살아서 나아가리라.

*일흔 살에 맞은 결혼 42주년 되는 날 새벽에.

배신의 세월

위기의 아침을 넘기고도
끈질기게 이어진 질타와 온정이다
아하, 한 번의 놀람
아하, 또 한 번의 주저앉음
다시 일으킨 건 시대의 필요이지만 시절로는 아픔이다
정상을 일탈逸脫한 여러 번의 비정상과
비상이 아닌 기울어짐의 인생여정이다
위태한 지붕 위의 삶이듯이 차가움이 닥치더니
이내 뜨거움이 따라 덮쳤다
육신이 그리 휘둘리는 동안에 영혼은 비어가고
메마른 이질異質로 채워졌다
사악한 눈이 노려봄을 쉬이 여기고
잔혹한 이빨의 정체를 무시했다가
음습한 웅덩이 바닥으로 내동댕이쳐졌으니
누가 있어 거기서 건져줄 것인가
수종들며 따르던 군상群像들은
다 비겁하고 나약한 것들이라
지레 겁먹고 멀리멀리 도망쳤으니
세상인심은 더럽게 변절하여 먼지만도 못하고

신뢰할 게 못되는 인간들도 마저 흩어져갔다
파리와 구더기같이 더러운 것들만 주위를 맴돌며
향기롭지 못한 냄새를 풀풀 날리고 있다
돌아보면 바람막이가 돼야 할 것들이 먼저 내뺐고
울타리 삼았던 것들이 모조리 외면하니
홀로 외로운 죄인이라
은혜를 입은 것들이 가해에 앞장서고
도움을 받은 것들이 돌멩이를 던져대니
대를 이은 배신의 바람이 너무 거세다
지금은 어둠 속에 탄식을 두고
더러운 흥정이 물밑에서 오가는 중인데
하늘은 눈을 감고 귀를 막은 줄로 아는가
그렇지 않다
하늘의 정의正義는 변하지도 사라지지도 않았다
길은 찾을 때 보이고 문은 두드릴 때 열릴 것인데
열고 닫는 것은 자기의 몫임을 모르니
먼발치 선한 마음은 그저 안타까울 뿐이다.

*2019. 6. 20. 수감중인 누구를 위한 기도 중에.

인생의 자리

거센 바람이 불어왔다가 지나간 뒤에
풀은 눕고 나무는 뿌리를 드러냈는데
그 바람은 자취가 없다
우리 인생도 그런 것일 텐데
삶 중에 광풍狂風이 몰아치고 불볕이 훑고 갔다 한들
한때의 기억일 뿐 아프게 한 실체는 볼 수가 없다
그러니 존재이유와 정체성을 확실히 지켜내야 할 것은
가지가 찢기고 비록 꽃이 떨어지는 수가 있어도
뿌리 내린 자리는 지켜져야 할 지경地境이고
뻗은 가지는 높여져야 할 귀한 뿔이기 때문이다
해가 멈추고 달이 길을 잃는 일이 일어난다 해도
창조의 역사役事라면 어찌 놀랄 일이라고 할까
다만 순응하는 그것이 원칙이고 순리일 테고
오히려 이적과 기사가
믿는 자에게는 자연사自然事가 되리니
헛된 지식을 내세울 거 없고
짧은 지혜를 의지할 거 아니다
편 팔의 큰 손에 이끌릴 때
나갈 길과 머물 곳이 정해질 것이니

인생은 다만 기쁨 중에 감사하며 살 일이다
숨 한 번에 지나갈 인생의 자리일망정
부끄러운 일로 남의 입에 오르내리지 않도록
눕고 일어남에 깨어 있어
지금 그대로를 아름답게 가꿔갈 일이다.

만남

그대를 만나자
나의 새 날이 열렸다

그대를 본 순간
나의 영혼이 깨었다

그대를 품으니
나의 사랑이 꽃폈다

그대를 알수록
나는 그대를 닮아간다.

신비한 꿈

육신 떠난 영혼은 제 길 돌아가고
영혼 떠난 육신은 내려져 묻히고
그 갈림의 십자가는 구원의 길로 남고

자식을 내놓은 아비는 하늘에서 눈을 감고
자식을 잃은 어미는 땅에서 눈을 감고
죄를 덮어쓴 자식은 허공에 달려 눈을 감고

검은독수리 떼는 하늘 가득 해를 가리고
양몰이 개들은 땅에 가득 피를 핥고
무덤에 누인 허물은 돌문을 열어 갈길 가고

하늘은 하늘대로
땅은 땅대로
거기 모든 숨쉬는 것은 각기 그들대로

한바탕 꿈을 꾸었다
신비한 꿈을.

폭염暴炎

열탕熱湯 속에서
그냥 섞여 끓을 뿐 아무것도 할 게 없더니
열풍熱風이 빠져나가자마자
푹 익은 완결完結이 드러났다

사람도 같으리라
열병熱病의 젊음을 통과하고서야 보이는
잘 익은 인생人生 하나
아름다우리라.

돌아갈 때는

하나님이 오라고 부르실 때
저항하는 모습으로 추해지지 않기를,
결코 두렴에 발버둥치며 붙잡혀 갈 수는 없을 터
흔한 바램처럼 잠을 자듯이 가기를 원하지만
적어도 고통이 없기를 원하지만
하나님 나라에 가는데 어찌 무심결에 갈 수 있으리요
정신 똑바로 천사들의 안내를 받아
내 뒤에 남을 이들에게 순간의 인사를 하고
그렇게 영혼 가득 기쁨으로 갈 수 있어야지
내 자리 털고 가야 할 새 길인데
그 천국길을 마냥 끌려가서야 되겠나
두 손 높이 들고 찬송하며 갈 수 있어야지.

아버지의 사랑

왜 잡히셨나요
왜 조롱당하셨나요
왜 말이 없으셨나요
십자가는 왜 지셨나요
왜 죽는 걸 알면서 거기 달리셨나요

병은 왜 고쳐 주시고
눈은 왜 뜨게 하시고
죽은 자는 왜 살리셨나요
차라리 오지나 마시지요
편안히 한세상 살기나 하시지요

왜 저항 한 번 없이 죽어가면서
왜 자기는 살려내지 못하면서

그래서 난 목마르다
너희를 바라보는 내 마음이
이렇게 답답하니 목마르지만
그래도 난 다 이루었다

아버지여 저들이 모르는 걸
저들의 죄로 돌리지 마시고
용서하여 주소서
나를 사랑하심같이 저들을 사랑하소서

친히 사랑이란 걸 보여주시기 위해서
아! 그래서 그렇게 오셨다가 가셨군요

잠시 하늘이 닫히고 땅이 흔들렸다
그리고 다시 열리고
남은 것은 오직 아버지의 사랑뿐이다.

다 은혜였다

이 새벽에 다시 세상 앞에 선다
내가 나로서 다시 맞는 세상 앞의 이 새벽
이때가 오면 흔들림 없이
머뭇거리지 않고 나아갈 수 있기를 바랐고
그럴 줄만 알았지만 역시 절벽 끝이다
뛰어내리면 된다 그 순간 날개가 펼쳐질 것이다
또 날 수 있을 것이다 그런데 왜 이리 두려운가
내게 용기가 있기를 내 연약함이 도움받기를,
여전히 혼미에 빠진다
그동안의 평안함이 다 은혜였구나
지금까지 살아온 모든 것이 은혜였구나
나의 나 된 모습을 볼 수 있는 이 시간이 은혜이구나
수렁처럼 내 삶을 삼켜대던 시절도
내일을 바라지 못할 어둠의 밤도
시기와 모함으로 고꾸라졌던 날도
돌아보니 다 은혜였구나
모든 걸 내려놓고 하나님 앞에 홀로 마주선
지금의 이 두렵고 떨리는 외로움이야말로
은혜 중의 은혜로구나

석양을 바라보며 좋은 사람들과 어울려 살게 하심은
하나님의 크신 은혜였구나
다시 세상 앞에 섰으나 이제는 세상을 내려다본다
다시는 세상으로 내려가지 않으리라
이 은혜를 놓치지 않으리라.

내 영혼이 찬양하네

예수는 그리스도 나의 참 주시라
나의 길 나의 생명 참 진리라
내 갈길 밝히 보이시니
주 앞에 어서 나가보세
죄악 벗은 내 영혼 기뻐 찬양하네
하늘의 주 예수를 영원히 섬기겠네

아버지 하나님은 나의 참 빛이라
나의 몸 나의 영혼 창조주라
내 주님 여기 계시오니
주 앞에 나가 말씀 듣세
죄악 벗은 내 영혼 기뻐 찬양하네
하늘의 주 예수를 영원히 섬기겠네

보혜사 성령님은 나의 참 보호자
나의 삶 나의 생각 인도자라
우리를 오라 하시오니
기쁘게 따라 순종하세
죄악 벗은 내 영혼 기뻐 찬양하네

하늘의 주 예수를 영원히 섬기겠네.

*찬송가 524장 일부를 변형하여 원용.

다짐

올해는 사랑을 하리라
그동안 못해본 사랑을 하리라
올해는 사랑만 하리라
미움은 날려버리리라
시샘은 떨쳐버리리라
다 좋게만 보리라
다 좋게만 들으리라
다 좋게만 생각하리라
떠오르는 붉은 해만 기억하리라
해를 가리는 구름의 심술은 물리치리라
몸은 돌아갈 땅까지 낮아지리라
영혼은 돌아갈 하늘만큼 높아지리라
올해는 가볍게 살리라
아깝던 것 다 내려놓으리라
욕심부려 껴두지 않으리라
가볍게 먹어 배고파보리라
가볍게 입어 추워보리라
가볍게 떠나는 연습을 하리라
떠난 자리 더럽지 않게

올해는 전혀 다른 모습으로
즐기며 기쁘게 살리라
올해가 끝나는 날엔, 그렇게
사랑하여 가벼워진 나를
칭찬해줄 만한 한 해를 살아보리라.

*2021년 새해 아침에.

니느웨를 애곡哀哭함

마술사가 지배하는 그 나라,
현란한 마술에 미혹되어
손뼉 치고 갈채를 보내나
머잖아 그 속임수는 시선을 흩으리니
감동 없는 나라가 어찌
도성都城을 굳게 하리요
조롱하는 자들이 던진 돌이 쌓여
역사의 무덤이 되리라
그 큰 입은 찢겨 벌어지고
배가 갈라져 물먹은 내장이 드러나리라
그 발이 어찌 살려내리요
결코 도망치지 못하리라
걷어채이고 메어쳐 넘어뜨리고
흙발이 딛고 서리라
모든 문마다 열려 길이 나니
그 소식이 기쁜 날개를 달고 날으리라
소문이 소문을 낳아
높고 멀리
땅끝, 후대까지 이르리라

아하! 황폐한 성읍이여
그 영광이 꽃잎처럼 지는구나.

그날은 언제

사람의 시대에 사람들의 인권을 논했는데
사람들의 시대에 사람의 인격을 논하고 있다

사람과 사람들을 향한 그 손길
사람아 사람들 위에 군림하지 마라
사람들아 사람을 무시하지 마라
한때는 사람이고 한때는 사람들이다
사람과 사람들이 다 편안한 세상
사람이 사람들을 믿어주고
사람들이 사람을 신뢰하는 세상

그는 사람들에 의해 사람으로 세워지길 거부했다
사람이 될 수 없다는 그를 사람들이 죽였다
그러나 그는 사람에게 죽고
사람들을 위하여 죽어
사람과 사람들을 위하여 다시 살아났다

사람이 사람들보다 잘난 것 아니고
사람들이 사람보다 옳은 것 아니다

사람들 중의 하나인 사람으로
사람을 존중하는 사람들로
비로소 세상은 아름다우리라
사람과 사람들을 위한 그 사랑이 아름다운 것처럼

아, 불임不姙의 세월의 끝,
그날은 언제런가.

부활 증인

땅이 흔들리며 바위가 터지고
그 영혼이 떠나자
하늘이 닫혔다
땅이 잠잠해졌다
세상이 어두워졌다
무덤이 봉해졌다
사람들이 떠났다

그 다다음 날
세 여인의 애통한 눈앞에
무덤의 돌문은 열렸고
흰 옷 입은 천사가 말했다
그가 살아나셨고
누누이 말하던 대로 살아 갈릴리로 가셨다

마음만큼 여인들의 발걸음이 재빠르다
갇히듯 숨은 자들에게
문 두드려 소식 전할 새
놀란 그들의 생각보다 앞선 두려움은

이내 환희로 마음을 채우면서도
여인의 말이 떡허니 믿기지 않았다
믿음도 제 몫
의심도 제 탓이다

의심 말라
보지 않고 믿어야 복되다
일러주신 그
끝내 그 손의 못 자국과
허리의 창 자국을 보여주며
의심찬 마음을 깨우쳤다

그 사랑이
생각의 구석구석 파고들자
비로소 눈을 뜬 그들은
생전의 말씀이 믿어졌다
그들 앞에서
사방의 하늘이 열렸다
세상의 어둠이 걷혔다.

근황近況

선잠에 뒤척이는 밤이 긴 건
시간이 다 되어가는 탓이겠지
마침 귀가 어두운 건
얼마나 다행인가
먼 바람 소리까지 참견하려면
날밤새우기 일쑤일터
보고 듣지 못할 일들로 덮인 세상이
그나마 아름다운 건
눈귀가 둔해진 까닭이겠지
이끼 끼지 못한 돌처럼
구르고 굴러온 세월
그래도 가리지 못한
부끄러움이 덕지덕지하다
정의라는 이름으로
무너진 정의가 활보하고
사랑의 이름으로
부서진 사랑이 길을 메운다
질서가 혼돈이고 혼돈이 질서라
서로 떠들어대고

먹고 먹어도 배부르지 못한

삶이 되어버렸다

과거로 돌아갈 수만 있다면

소년의 기백으로 바로 설 것 같지만

기진하여 주저앉은 입술에 돋은

다스리지 못한 가시일 뿐이라

듬성듬성 생각이 끊길 때쯤이면

돌아갈 길 생각해야 하건만

그 생각마저 잊었으니

세상엔 떠돌이 발길들이 그냥 분주하다

돌아갈 시간인데

자신있게 내밀 표를 챙기지 못했으니

뚝 떨어져 자유할 날이 두렵기만 하다.

아가야

아가야
네 앞엔 모두가 기쁨이란다
진실의 나무란다
아가야, 너는

어두운 데 익숙하지 말아라
움킴의 늪에 빠지지 말아라
이기利己의 성城에 갇히지 말아라
말[言語]로 베지 말아라

네 물음의 답을 하나님의 말씀에서 찾아라
네 허전함을 하나님의 은혜로 메꿔라
네 목적을 하나님의 나라에 두어라

밟히나 다시 일어나는 풀
이른비와 늦은비를 품고 유유한 구름
가뭄에 마르지 않고 홍수에 넘치지 않는 샘

아가야

풀이란다 구름이란다 샘이란다
시들지 않을 나무란다
아가야, 너는.

*2015년 어린이날에 손주들을 생각하면서.

같이 가는 길

세상이 질 십자가를
세상이 매달릴 십자가를
세상이 둘러서서 바라만 보니

세상 대신 못 박혀
버린 자를 위한 버려짐으로
이렇게 왔다가 간다만

모두를 살려내기 위해
같이 가는 길이다
철저히 깨뜨려 완성한 과정이다.

제4부

울림

울림 1

발이 없어 못 가는 게 아니고
입이 없어 말 못하는 게 아니다
매사에 때가 있는 법인데
너무 일찍 알아버린 사람세상이
너무 일찍 잃어버린 순결 같아서
평생 안고 갈 흔적으로 남으리라
자, 다시 사람을 보라
큰 사람 작은 사람 누가 그리 부르던가
큰 사람이 큰 죄인이기 십상임을 알게 되리라
그런 앞에 선 그대 사람아
크고자 하는가 커 보이고 싶은가
사람의 눈에 어찌 보이고 사람의 생각에 어찌 비치든지
사실은 하나도 달라짐이 없음을 모르니
이제 어디로 가려는가, 이제 무엇을 하려는가
가야 하고 하려 하는 그 뜻이 분명한가
보여 인정받기 위함은 아닌가
이뤄 보여주기 위함은 아닌가
그 바램의 처음과 끝의 확고함이 여전한가
스스로 데일 만큼의 뜨거움이 있는가

냉정하다 여겨질 차가움이 있는가
해맑은 낯빛 아래 가시를 감추지 말라
순전함 속에 사욕을 품지 말라
이름값은 스스로 하기에 따라 매겨질 터이니
사람의 입놀림에 흔들리지 말라
위에서 들려오는 소리를 듣는가
심령 저 속에서 울리는 소리를 듣는가
그 소리가 같은가 다른가를 분별하라
산이 높지 않다고 그저 오르려 말라
물이 깊지 않다고 쉬이 발을 담그려 말라
사람의 물결은 멀리 가지 않고
사람의 함성은 오래가지 못하여
도무지 믿고 따를 바 아니니 거기 휩쓸리지 말라
재주와 재능은 인생을 저어갈 노가 되어야 하고
남을 쓰러뜨리는 도구가 되어선 안 된다
다시 첫걸음이다, 돌아서서 딛는 첫발짝이다
인생 중 다시 안 올 시작임을 기억하라
세월은 기다리지 않는다
시간이 급하다 내버려라

다 끊어버려라, 다 쏟아버려라

주머니 속의 먼지까지 털어버려라

보이는 바 줄이 굵다고 튼튼치 않고

가늘다고 약하지 않으니

잘 골라잡아야 하고

발판이 넓다고 든든치 않고 작다고 약하지 않아서

잘 골라 디뎌야 하리니

그 판단의 근거를 지식과 경험에 두지 말라

하고 싶은 말도 참아야 할 때가 많다

억울하고 안타깝고 아쉬웠던 일들도

다 물거품임을 알기에 멀지 않으리라

한동안 미뤘던 것들을 할 때가 벌써 지나고 있으나

부지런함으로 능히 따라잡으리라

이미 쐬어 알아버린 바람을 기억에서 지워버리고

한 길 가려 할 때

그대여 미지의 세계에서 감동적 삶의 틀을 엮게 되리라.

*2020. 4. 19. 어느 젊은 전도사를 위한 기도 중에.

울림 2

네 인생의 여정에서 산을 넘든 물을 건너든
거침이 없겠지만 정의로워야 하리니
정의 앞에서 열린 마음을 닫지 말고 귀를 막지 말아라
불의 앞에는 눈을 돌리지 말아라
네 강한 성취욕이 승부욕으로 내닫지 않게 하여라
옛일을 기억하며 앞일을 내다보면
문을 열고 길을 내게 되리니
순간마다 돕는 손길의 능력을 느끼리라
너는 시비가 분명하여 때론 화가 될지라도
이를 견디고 지키면 마침내 복이 되리니
결코 서둘지 말고 실망하지 말아라
너는 후회할 일을 아예 않겠다는 생각이고
남의 잘못을 묵과 못하는 성정이며
탁월한 상상력과 남다른 자존감으로
부끄럼을 의식하여 마음 조이기 일쑤이나
이로 인해 스스로 상처받기 쉬움을 알아라
너는 계산이 빠르나
이해利害의 밝음으로 통하지 말아야 한다
함정에는 스스로 빠질 수 있고

올무에는 스스로 걸릴 수 있는 법이니
절대로 함정을 파지 말고 올무를 놓지 말아라
올려 하늘을 볼 땐 구름 너머 영원한 세계를 보고
내려 땅을 볼 땐 그 밑에 꺼짐 없는 불을 생각하며
인생의 종착지는 그 둘 중의 하나임을 잊지 말고
삶 중에 늘 위를 향하라
너의 머리는 영원한 나라를 사모하여라
너의 가슴은 가림 없이 품어라
너의 손은 시들고 넘어진 것에까지 미쳐라
너의 발은 의로운 자리를 향하여 내디뎌라
절대 진리 안의 자유를 찾아야 하리니
주관의 편협에 빠지지 말고
객관이라는 상대성에 휩쓸리지 말아라
너의 두려움이 때로는 무모한 판단을 막을 수 있다
너의 의심이 때로는 모사꾼의 계략을 꿰뚫을 수 있다
발에도 눈이 있고 눈에도 발이 있다
삶에는 적당한 날개가 있어야 하나
날개가 작으면 삶이 무겁고
날개가 크면 삶이 눌린다

인생이 무겁고 가벼움은
이를 알고 따르느냐에 있음을 명심하며
훨훨 높이 멀리 날아라.

*생일맞이 손주를 위한 기도 중에.

울림 3

세상에서 들은 첫소리는 그저 소음일 뿐
이끌어주고 이끌려갈 음성이 아니니
거기에 쏠리지 말아야 하리라
총기와 지혜는 채워질 것이니
지식을 찾아 잘 갖추어야 하리라
너의 날이 계수되고 네 자리가 측량되었으니
스스로 감하여 버리지 않게 하여라
진리를 알아 이성을 복종케 하고
은혜를 알아 감정을 조절케 하여라
너로 인해 뿌리가 깨어나고 가지에 생기가 도나
잠시 잠깐의 분망함으로 잊어선 안 되리라
꽃피고 열매 맺음이 철 따라이니
누가 무엇으로 그 이치를 거스르랴
방향감각이 있어 동과 서를 알며
깨달음이 있어 위와 아래를 알아야 하리라
마음을 높이 하여 생각하고
눈을 들어 멀리 보아야 하리라
내려받은 기쁨이 너의 신분이라
너의 얼굴에는 수심의 빛이 어울리지 않으니

고귀함을 쉬이 잃어버리지 말고
허물어 세워지며 낮춰서 높여지는
오묘한 법칙으로 일상을 삼아야 하리라
가문을 울려 하늘을 향한 길을 내고
대를 거슬러 깨움이 네 첫 소명이라
너의 아름다움은
혼자만의 오밀조밀함이 아니요
다 함께 차오르는 강물이로다
위를 향한 네 길이 영광의 빛으로 환하리니
참됨이 외려 기이하게 여겨지는 이 세상은
네 거처를 다툴 곳이 아니라
물 건너 오가는 네 이름이 널리 퍼지며
네가 아플 때 울어주고
네가 기쁠 때 웃어줄 이들이 많으리라.

*어느 교우의 신생 외손녀를 위한 기도 중에.

울림 4

꽃을 아름답게 피워라
꿈을 크게 꾸어라
그리 꽃피우고 꿈꾸는 건
풍성히 결실하고 성취할
주님의 깊은 뜻이다
평생에 숨결처럼 이어질
주님의 질긴 끈이다
네 눈은 영원을 담고
네 맘은 사랑을 안으며
너는 좋아할 것과 가질 것을 구별하니
그만하면 인생의 그릇으로 넉넉하다
나눌 줄 아는 인정이 있다
가릴 줄 아는 분별이 있다
다만, 시비와 선악에 민감하기가
맑은 호수이나
잔바람은 귀찮다 말고 헤아려라
잔물결은 너그럽게 감싸 품어라
입안에서 농익은
거룩한 이름에 친근하니

부르는 찬양으로 날마다 기뻐하며
마음 다해 드리는 기도는 향기롭다
발이 땅을 디뎠으나
소망은 하늘에 두고
꽃처럼 꿈처럼
아름답고 밝게 살면서
높고 신비한 세계에
영원한 집을 지어라.

*생일맞이 손주를 위한 기도 중에.

울림 5

너는
돋는 해처럼 또 신선한 아침바람처럼
먼저 깨어 일어나 있을 것이다
겨우내 굳은 땅을 뚫는 싹의 힘으로
하나님의 뜻 안에서
자유로울 것이다
깨달음에 빠르고 표현함이 정교하여
모방으로 시작하나
곧 창작에 이를 것이다
옳고 그름에 민감하고
좋고 싫음이 분명하기에
상처받기 쉬운 심성과
때론 이해하기 어려운 고집도 지녔으니
이성으로 감정을 조절하여야 하되
천성인 맑고 밝음은 무디지 않게 하여라
재주가 안팎과 위아래로 뛰어나며
말이 편하고 글에 능하지만
눈은 맑고 귀는 밝으면서
입술은 경건하게 하여

그 드러냄은 언제나 어둔 현실이 아닌
내면의 빛을 따를 것이다
인생살이의 처신으로
사람의 이해利害로 만들어낸 길을 피하고
진리 안에서 지어진 큰 물길에 맡겨서
모든 것들이 제 길을 찾아 흘러가듯이
순리를 따라 도리를 지켜 나아갈 것이다
그래서 너의 가고 다다름은
강물이 저절로 이르러 멈춘 바다같이
풍성함과 평안함을 누리게 될 것이다.

*생일맞이 손주를 위한 기도 중에.

울림 6

네가 가야 할 길은 끝 모르게 멀어서
굽이굽이 산을 돌아 넘고
또 물길 따라 흐르고 나아가야 하지만
네가 지나갈 길목마다 이정표가 분명하고
너의 할일이 때를 맞춰 주어질 거야
그래도 지혜롭게 바라보고 이뤄가야 하리니
행여라도 꾀가 재주 부리듯 끼어들지 못하도록
단호하게 잘라내고 물리쳐야 할 거야
꾀는 "적당히"와 "요령"을 수단으로 삼으나
지혜는 그렇지 아니하여
오직 정도를 택할 뿐 사로邪路를 피하느니
마침 너의 완전하고 결벽에 가까운 성품이
장점으로 살아나고 단점이 되지 않아야 할 텐데
이제 네 스스로 판단할 때에 이르면
완전하여야 할 순간에 완전하게 되고
결벽하여야 할 순간에 결벽할 수 있도록
명심하여 지켜야 할 거야
꾀와 지혜를 혼동하여 자기계략에 빠지지 말고
언행을 삼가 마음을 지켜야 할 거야

죄는 늘 곁에서 맴돌며 유혹의 손을 뻗치느니

거기 틈을 주지 말고,

가득 찬 창고도 뚫리고 곳간도 털리게 마련이니

소유가 넘치는 걸 목표로 하지 말아야 할 거야

신용이 제일이요 정직도 못지않으니

끓어오르는 탐욕과 겨뤄서 지지 말고

사람을 사귀되 신뢰로 하며

부요를 누리되 명예로워야 할 거야

사람의 길은 되돌릴 수 없는 한 번뿐이니

수치와 얼룩으로 더럽히지 말아야 할 거야

보이고 들리는 대로 끌려 다니지 말고

오직 하나인 절대 진리의 길을 가야 할 거야

오늘 어려운 말투로 이렇게 일러줌은

너로 깨달을 능력을 갖추게 하였음이야

이 가르침대로 지켜 행하면

하늘에서 내리고 땅에서 울리며

지금 둘러서서 불러주는 축복송이

네가 마땅히 누릴 만한 복으로 임할 거야.

*생일맞이 손주를 위한 기도 중에.

울림 7

너의 이날은 너다움이 시작되는 때이니
이제부터 너만의 삶을 익혀가게 되리라
온통 하얀 세상에 발자국을 찍으며 내디딜 때
굽지 않을 방향감각으로 분명히 나아가라
신실하고 순수하여 순명하여라
강하나 부러져선 안 되리라
온유하나 비겁해선 안 되리라
무한의 가능성이되 절제되어야 하리라
열정적이되 탐욕스럽지 말아야 하리라
길은 오직 하나이니 멈출지언정 벗어나지 말아라
높이 오르려면 낮고 깊은 골을 피할 수 없으리라
넓게 펴려면 거칠고 험한 바람도 견뎌야 하리라
가다 보면 절벽 위에 설 수도 있고
장벽에 가로막힐 수도 있으나
시간이 인생의 바다로 널 이끌리니
우매한 무리에 섞이지 말고 슬기로운 소수에 서라
혹시 뒤처지더라도 오래잖아 역전케 되리라
발걸음이 가볍거나 무거우나 문은 스스로 여닫아야 하고
마음은 사랑으로 넘쳐흘러야 하리라

생각은 말씀의 생명으로 가득해야 하리라
하여, 일생을 다하기까지
지난 시절들이 합하여 완전함을 이루고
인생의 향함은
온전함에 다다르리라.

*생일맞이 손주를 위한 기도 중에.

울림 8

너는 크고 작음의 의미를 알아서
참으로 큰 것을 가려볼 수 있으리라
큰사랑을 펴면서 남다른 삶을 살고
신실 또한 남다름이어야 하리라
정직만이 튼튼함이다
무거운 입은 발을 가볍게 하리라
고상한 생각은 길을 곧게 하리라
입에는 노래가 가득하고
눈귀가 놀라운 것을 보고 들으니
영광나라에 합당한 삶을 살 수 있도록
불필요한 고집은 꺾을 줄 알아라
돌아설 수 없을 때 돌아서려 말아라
앞으로 나아가며 올라가되
오직 은혜의 주장에 따라
믿음의 왕 노릇 하여라
높이 펄럭이는 깃발은
고요한 편안을 생각하지 않는다
살피기에 익숙하고 나누는 데 편하여라
태산을 언덕처럼 오르고

대양을 냇물처럼 건너리니
거룩함으로 본을 삼고
진실함으로 표를 삼아라
영화가 무엇이냐 진정한 평화에서로다
상급이 무슨 연고로냐 온유한 마음가짐에서로다
너의 너 됨을 확인하는 오늘은
약속받은 복된 한 날이니라.

*생일맞이 손주를 위한 기도 중에.

울림 9

진땅을 마른땅같이 디딜 수 있고
사막을 풀밭처럼 뛰놀 수 있어
어디서나 안심할 수 있음은 너의 타고난 복이라
그러나 혼자 가고 설 때가 되면 두렴을 견뎌야 하되
능히 할 수 있으리니 지레 겁먹지 말고
지나온 날을 따라서만 하면 되리라
너는 근본이 평안한 족속이라
어둠이 있다 한들 잠시여서 길을 막지 못하고
요동쳐도 마음일 뿐 길은 분명하여 견고하니
익숙한 대로 자연스레 나아가면 되리라
거처를 옮겨도 뛰놀 마당이 앞뒤로 넉넉하고
들리는 소리가 귀에 설어도 분별함에 부족함이 없으니
어울림에 대범하고 언행에 용감하여 거침이 없으리라
변화가 불측不測함은 타고난 일부이니
머리와 가슴으로 받아들여라
스스로의 이름값을 하고 대문을 밝고 빛나게 할 것이라
주장은 당당하게 하고 궤변으로 답하지 말아라
너의 가치는 스스로 지켜 세워야 하고
인정은 밖에서 하는 평가이니 착각에 빠지지 말아라

진리가 뒷받침하는 정의가 기준이 되어야 할 것인데
옳고 바름도 시절에 비추면 절대적이지 않다
지금 네 작은 발이 딛는 곳에 잘 적응하면
네 평생을 디딜 땅이 평편平便하리라
하나님 앞에서 신실하여라
생명은 스스로 지키는 것이고
넘어짐도 스스로 택하는 것이니
눈을 반쯤만 뜨고 정면을 주시해라
귓바퀴를 앞으로 하여 소리를 들어라
거기 똑바로 드러난 길로만 가라
인생이 진정 복되리라.

*생일맞이 손주를 위한 기도 중에.

울림 10

너의 첫날이 경이로웠듯이
이날의 다가옴도 놀라움이었구나
어둔 하늘이 세상을 덮어
모두가 숨죽이고 있는 사이로
너의 길이 열려 출애굽한 날이
어제가 아니더냐
이제는 두려움도 벗어버리고
숨막히던 순간의 벽을 지나
이 강산 너의 땅에 굳게 서리라
잠시 앉아 숨고르기를 하였으니
일어설 땐 용감하게
주장은 뚜렷하나 고집스럽지 않게
손아귀엔 힘이 있으나
때맞춰 펴고 털 줄 알게
위아래와 앞뒤가 분명하게 똑바로만 걸어라
너의 봄이 이제 만개하리니
빛깔은 선명하고 향기도 산뜻하여
주위를 깨우리라
둘러서 바라보는 눈들이

잔잔한 물결을 일으키나
결국은 안심하리니
너의 시절도 든든히 서리라
걸음걸이 흔들리지 않게 하여라
기쁨의 노래는 감사를 먼저 하여 불러라
너의 내일이 더욱 아름답기를 기대하며
너는 지금에 맘껏 푸르러라.

*생일맞이 손주를 위한 기도 중에.

울림 11

멀고도 먼 길이 순식간에 닥친 듯하네
한나절이 그리 힘들고 길어
차라리 뛰어내리고 싶던 시절
그 벼랑 끝에서 만난 빛 한 줄기가
비 맞아 누웠다가 붙잡고 일어선 가지 하나가
모질지만 더 시원한 바람 한 점이
견디고 또 견디게 하는 힘이 되었으니
은혜의 끈으로 묶으심이여
은혜의 바다로 가두심이여
떠나지 못하게 하신 큰 사랑이었네
봄날 끝에 고운 인연을 맺고
쉬운 듯 어려운 듯
소원을 이뤄가는 재미를 붙여
사람다운 삶 그렇게 살아오면서
아담한 집 한 채 지어 꿈을 나누고
소박한 정원은
여럿이 즐길 만큼 이름이 나니
향기에 끌려 들여다보고
노랫소리에 기웃거리는

눈들이 더러 있어
여기가 꿈동산이고 꽃동산이라 부르네
그래도 마음 한편엔 아쉬움이 있으나
됐다 그만해도 족하다 웃고 계시며
더 큰 집은 여기 아니라
마지막 잠에서 깨어난 날 보게 되리니
간절한 소망으로 이루고
확실한 믿음으로 지어낼 그 집이
부족함 없는 영원한 집이라
거기서 크고 황홀함에 놀라리라 하시네.

울림 12

초원과 사막 그리고 바다를 가르는 건
물이 아니겠느냐
적당히 물을 받아 생명의 행렬을 끄는
너는 그런 초원이 되어라
이른비로 적시고 늦은비로 흐르게 하며
하늘의 뜻을 살펴 알아서
움을 내고 뿌리를 뻗어 가면
우뚝하니 너의 시대가 펼쳐질 거다
거기 필요에 따라
네 앞에 열리고 닫히리니
옳다 그르다 네 맘으로 여닫으려 말고
단지 소망을 높이 품으면 된다
길은 동서가 하나이고 남북이 같아서
너는 어디서나 불러주는 존재가 되리라
정情이 많으나 샘도 적지 않고
눈이 맑으나
작은 창에도 그늘이 질 때 있으니
너는 늘 빛으로 옷 입고
입술의 열매로 살아야 한다

좋다고 서둘지 말고
싫다고 등돌리지 말고
선한 손길을 가려내어 믿고 따르면
네 자리가 쉽고 안전하며
푸른 초원에서
오래도록 너의 기업이 든든하리라.

*생일맞이 손주를 위한 기도 중에.

울림 13

너는 귀한 존재라
맑은 심령으로 웃음을 알아 웃게 하고
눈물을 알아 닦아줄 줄 알아라
가지 못할 길에 들지 말고
누추한 자리에 앉지 말아라
너의 목소리는 음악이고 너의 몸짓은 춤이 되니
가정에 온기가 가득하고 집 안에 향기가 넘치리라
이게 다 네 몫이니 결코 가볍지 않다
가지는 물을 머금어야 싹을 내나
그 본바탕이 뿌리임을 잊지 말아라
눈으로 뵈지 않는 세상을 볼 줄 알고
귀로 들리지 않는 세상에 귀 기울일 줄 알아라
지금이라는 시간은 바람처럼 지나갈 것이니
영원히 머물 자리를 알아 잃지 말아라
너의 너 됨을 지켜냄은 이것이니
곧 너를 존재케 한 흐름의 기운을 이어감이라
네가 발 디딘 세상은 춥다 덥다 요란하나
너는 푸른 동산에서 사철 평안하며
너의 자리는 젖과 꿀이 흐르는 터로 약정되었으니

아름답게 꽃피고 풍성하게 열매 맺어
너의 한 생이 순하고 넉넉하리라.

*첫돌 맞은 친척의 손녀를 위한 기도 중에.

울림 14

엄숙히 맺은 백년가약이라
만인 축복 속에 화촉 밝혔네
곱게 길러낸 손으로 불을 켜 나아갈 길 환히 트고
온 정성으로 꽃길을 내어 떨며 떨며 떠나보내네
많은 시선 앞에 선 모습이 너무 아리따워
오히려 시름함은 끊어내는 기쁨이고 아픔일 뿐이네
꿈이 아름답다 한들 생시만 하랴
세파는 언제나 흔들리고 출렁이지만
타고 넘기에 해볼 만하여
인생이라 이름지었나니
꿈은 키워야 하되 이상에 머물러 그침은 아니라
눈을 크게 떠 살필 것은
그게 살아갈 세상이고 나아갈 길임이라
높은 게 다 아니고 큰 게 모두가 아님을 빨리 알아
볼 만한 꽃 한 송이 피워내고
남부럽잖은 열매 하나 익혀냄이
소중하고 귀한 일이니
그렇게 살다 보면
봄은 가볍게 깨어남이 아름다워

여름은 마디 하나 자라남이 아름다워

가을은 듬직한 성숙으로 아름다워

겨울은 시절을 삭이는 재미로 아름다워

철따라 살맛 나는 본을 보고 보이리라

새 출발의 이 자리 하모니는 평생 새기며 지고 갈

사명의 별명別名이 되리라

사랑은 창조의 가능으로 위대하지만

사랑은 변질의 위험도 있는 법이니

정도正道를 지켜야 하리

오늘의 여기는 염려가 없는 평안平安의 자리

어둠이 감히 넘보지 못할 광명의 자리

천상의 소리 있어 축복하고 천상의 빛이 있어 비추니

안으로야 당연하고 밖으로도 충분히 아름다우리라.

*친지의 딸 결혼식장에서.

울림 15

장하다, 장하다, 잘하였다
지금까지 견디며 살아서 여기까지 온 것은
참 장한 일이다
발이 삐어 주저앉기도 하였고
눈이 가려져 보지 못한 때도 있었다
돌팔매가 날아들 때는 살맛을 잃기도 하였고
손발이 묶여 끌리는 수모를 당하기도 하였지만
그건 다 세상으로 길들여지지 않고
주님의 손길 안으로 끌려오는 남다른 과정이었다
다 털려 억울할 때 들으셨고
다 벗겨 부끄러울 때 보셨으니
각자의 속과 겉을 죄다 헤아리시는
주님의 시계視界 안으로
스스로 찾아들었거나 이끌려 와 앉혀졌거나
똑같이 복된 자리이다
상하上下와 우열優劣이 없는 이 세계에서는
태초의 창조질서만이 유일한 서열序列이니
잘나고 못남은 다름일 뿐이요
크고 작음도 차별의 조건이 아니다

부여받은 성품은 하나님의 형상인데
살아오면서 주워 가진 무익한 것들에 눌렸고 갇혔으니
가난함에 불편해하지 말아라
가벼워짐에 익숙해져라
이제 살고 죽는 길 앞에 세워졌으니
다시 안 올 기회임을 명심하고
생명生命자리를 택하여 영원永遠함에 속하여라.

*2021. 2. 28. 선교열정을 갖고 신앙생활을 하는 절친 탈북인을
 위한 기도 중에.

울림 16

밤하늘의 크고 작은 뭇별을 보면서
그 별들을 거기 둔 손길을 생각해 봤는가
세상의 볼거리에 익숙한 눈으로 볼 수 없는
세상 생각으로 가득한 마음으로 생각할 수 없는
영원한 세계의 오묘한 질서가 있음을 인정하는가
사람들 세상은
다툼의 시장市場이고 쓰러뜨림의 전장戰場일 뿐
거기에는 참된 쉼의 자리가 없으며
영원으로 가는 대로大路가 따로 있으니
세속의 기준으로는 감히 들어설 수 없는 좁고 힘든 길
그 길의 끝에 있는 문을 통해야 갈 수 있는
안식安息의 방을
뭇별을 세는 마음으로 생각해 보아라
세월의 빠름이여 화살처럼 날아가는데
인생의 영광은 가을나무 가지 끝의 단풍 같은 것
그 영예를 누릴 수 있음은 잠시의 기쁨이라
좁디좁은 구석에서 우왕좌왕 뒤엉키는 발걸음을
정신 차리고 보아라
똑바로 가고 있는가

후회 없이 인생을 걸 만한 건가
처음의 각오가 그저 유지되고 있는가
발밑은 든든하며 금이 가지는 않았는가
아 그렇지
인생을 책임지고 관리하는 손길이 시켜준다면
십부장, 백부장 아니라 천부장인들 불가하랴
바로 보아라
그리고 찾아 길을 삼으면 지금 기대하는 것보다
하나를 더하게 될 수도 있으리니
악한 시류에 휩쓸리지 말고
선한 역사에 기록됨을 바라면서
소원하는 대로 될 줄 믿고 빌어라
맘을 다하고 뜻을 모아 간구해라
놀랄 만한 일들로 채워지는 기쁨을 누릴 수 있으리라
주추의 한 쪽이 기운 가문家門을
반듯하게 세워야 할 몇몇이 역할을 다 못하여
안타까운 중에 고군분투하고 있음이니
처진 손을 들어올려라
붙잡아 일으키리라

곤고한 몸을 맡겨라

받아주리라

세상을 다 내려다볼 수 있는 높은 곳으로 생각을 향하라

저무는 날에 이어 새날은 오느니

그 모든 날의 일마다 먼저 평안하여야 하리

낮에도 행진을 멈출 때 있고 밤이라도 나아갈 때 있어

그때는 오직 위의 뜻대로 정하여지리니

그때의 늦고 빠름을 스스로 단정치 말아라

다만 멀쩡한 거죽만큼이나 속까지도 단단하게 하고

산을 넘고 물을 건널 계획을 세우되

숱한 덫과 웅덩이를 피할 방법도 살펴야 하리라

지금은 구름이 끼어 맑은 하늘을 보기 어려우니

이런 때는 기다리며 잠잠함도 큰 지혜가 되리라.

*2019. 6. 14. 군대의 진급을 앞둔 친척을 위한 기도 중에.
 2021.12. 9. 장군 진급자로 발표됨.

울림 17

많고많은 중에서 한 길인 여기는
함께 나선 첫 번째 좁은 길이라
울타리 밖으로는 저 하늘 아래로
갈래길마다 넓은 세상이 펼쳐졌건만
부름 따라 기뻐 택한 길은 여기니
지금부터 둘이 갈 복잡한 걸음의 무거운 길이라
엮이고 묶인 관계들 중 미로를 찾아가는 길에서
눈앞에 반짝인다고 모두가 금이랴
미혹의 빛깔이 더 고운 법이니
어찌 세상천지 남의 문을 기웃거리랴
한 번밖에 못 가는 그 먼 길이지만
심긴 뿌리가 깊고 줄기가 깨끗하니
거기 가지로 뻗어갈 그대들이라
포근한 날이 아니어도 삶은 늘 푸르러야 하리
수시로 불어대는 바람에도 꺾여 눕지 말아야 하리
첫사랑의 신비함으로 이성理性의 세계를 넘어서야 하리
은사가 아닌 재주와 재간에 따르지 말고
세상의 환호에 혹하여 휩쓸리지 말아야 하리
아침인가 하면 한낮이고 벌써 석양이라

때를 지켜 시절을 보전하여야 하리

사람은 존귀하나 악독이 안개처럼 덮치리니

패기와 인내로 물리치며

선을 염원하고 생명을 소망하여야 하리

생기를 잃은 인생은 무익한 흙덩어리일 뿐이니

배필로 돕고 머리로 이끌어

생육의 가정 번성의 터가 되어야 하리

첫걸음의 어설픔은 부끄러움이 아니요

세련된 모양으로 걸음의 일탈이 오히려 수치로다

게을러 나태하지 말고

허탄한 일로 분주하지 말아야 하리

형통과 평탄에도 평강이 없으면 저주라

기쁜 날 복된 자리에 높이 들린 그대들이니

이날은 맘껏 아름다워라

영광의 향기를 뿜어라

추상으로 떠들지 말아라

짓밟혀도 진리는 진리이니

오직 진리를 따르고 은혜 안에 살아가라

그대들이 선택한 영원한 자유가 있으리라

그 자유를 누림으로 은혜와 진리가 넘치게 하며
서로가 다가갈 뿐 물러서 멀어지지 말 것은
평생에 지킬 약속이요 비밀임이라.

* 교우의 아들 결혼식장에서.

울림 18

사랑하고 사랑하는 손자야 손녀야
너희는 세상의 이치를 따라 변론치 말아라
지금은 귀를 닫고 눈을 감아야 할 때요
입을 막아야 할 때란다
가리고 덮은 것들이 세상에 쌓이고 널렸으니
너희는 분별하여 가려내야 한다
태초에 하늘의 하늘이 열릴 때 말씀이 있었으니
지금도 그 말씀을 생생히 여겨
귀를 기울여라
눈을 모아라
손을 들어라
마음을 다하여 향하여라
생사화복을 놓아둔 그 길이 분명히 뻗쳤으니
너희 앞에 열린 그 길 중에서
무리를 따라 휩쓸리지 말아라
바른 기준과 목적의식을 가지고 한 방향으로 가라
발길을 흐트리지 말아라
생각을 공중에 날리지 말아라
세상에서 살길을 찾지 말아라

땅에다 삶을 묶지 말아라

마땅히 갈길을 알되

그 마땅함을 규례와 법도에서 찾아라

골고다 십자가가 그 표적이라

흘러내린 핏방울이 너희를 깨우칠 때

신앙을 무디게 하지 말아라

고백의 입술을 닫지 말아라

너희는 번성하는 가지이니 울타리를 넘어 푸르러야 한다

시절이 오면 결실을 보아야 하느니

그게 뿌리의 기쁨이란다

너희의 때에 구원자의 선하심으로

너희의 감동의 선율이 울리리라

언제나 새 날처럼 살아라

영원한 새 날이 너희 앞에 펼쳐지리라

너희를 위한 지금의 기도소리가

장차 너희의 길에 아름답게 울려퍼질 때

너희는 이날을 기억하게 될 것이다.

*손주들을 축복하면서.

울림 19

한 세월에 끌려온 땅이여
시절에 묶인 우리의 날들이여
언덕으로 올려가기도 전에
길바닥에 흘려진 선홍의 피여
예나 지금이나 어리석은 무리는
눈 감고 귀 막아 천상을 거부함이니
산으로 메고 가는 배와 허공으로 흩어지는 뼈는
산하를 덮는 어둠이 되리라
나서야 할 자는 숨어들고
갇혀야 할 자는 활개치고
숨 막힘도 이골이 나 무덤덤하고
흘러야 할 생수는 근원부터 썩었도다
늙어지니 겁만 늘어
소리쳐라 받은 소명 잃은 지 오래로다
참빛은 가리었고 거리마다 위장된 깜빡이뿐
우매한 군중은 북 치고 장구 치고
더불어 꼬여만 가는구나
미처 싸질 못해 더 못 먹고
퉁퉁 부은 살집을 돈 들여 걷어내고

산으로 오르는 길이 많다고
된 놈 안 된 놈 소리치며 앞장서도
길은 오직 하나라
인정받아 깃발 받은 놈 중
지조 있는 놈은 엉거주춤하고
거짓 난 놈은 덩달아 날뛰니
이제는 돈이라야 간다고 현혹된
그 거룩한 나라는
오직 한 분의 탄식소리뿐일까
두렵구나.

울림 20

넘실거리는 청보리 바다 위로
거칠게 불어치던 바람도 지나가고
구름 떼를 이루던 사람들도 흩어지고
청보리는 그만 잘려나갔다
시커멓게 드러난 땅엔
굴러와 잠시 뒹굴던 낙엽들이 찬바람에 불려가는데
전에 거기 백합화 하나 존재하다 사라졌음을
아는 이 아무도 없다
잠시 초록색깔로 한 무리에 속하긴 했지만
사실 백합화는 역할도 의미도 없었다
세상의 기억엔
청보리 바다도 사람의 파도도 다 사라지는데
한 송이 백합화가 피고 짐의 무게를 어찌 알리요
이 세상과 저 세상이 다름없다는 자들과 섞인 것은
이해받지 못할 일이고
심은 대로 거두는 이치의 적용은 빈틈이 없는 법
곧 세상은 다시 변하고 또 쪼개지는
그 역사가 반복될 것이다
다만 여기 다시 청보리 일렁이는 계절이 올 것인지

탐욕의 저잣거리로 아주 바뀔는지는
임자의 마음에 달렸으니
길손이야 제 갈길을 멈추고 머물러 봐야
주인도 아니고 객도 아닌 채 떠밀리면서
구겨지고 찢겨지지 않으리요
바람은 여전히 불어왔다가 지나가고
사람들은 무심히 모였다가 흩어지겠지만
그것들도 다 굴러간 변화의 수레바퀴 자국일 뿐이고
한 시절의 퇴락일 뿐이다
해 뜨니 일어나고 해 지니 잠드는 인생아
분복의 그릇을 알고 붙잡음에
방황의 끝과 안식이 있음을 알지 못하겠느냐
날이 기우니 길을 서둘고
멀지 않은 곳의 정처定處를 지나치지 말라.

*2020. 5. 15. 어느 여자 전도사를 위한 기도 중에.

울림 21

그의 팔이
하늘의 이 끝과 저 끝에 이르고
그의 키가
땅에서 하늘에 닿았으니
동서를 나눠 생명과 사망을 가르고
상하를 갈라 영과 육의 세계를 구분한다
하늘에도 땅에도 노래가 그치지 않으나
하늘에는 영원히 끊이지 않을
소망의 음악이 흐르고
땅에는 배부르다며 배를 두드리는
북소리가 튕겨난다
동에도 서에도 산은 높고 숲은 우거졌으나
동쪽 숲은 공존하는 만물의 생명으로 우거지고
서편 수풀에는 마른 뼈와 해진 가죽만 나뒹군다
바람은 이리저리로 불면서 지나가고
구름은 여기저기를 떠돌며 흘러가도
참빛은 밝힘의 빛으로 영원히 비치고
꺼지지 않는 불꽃은
뜨겁게 피어올라 노예를 사른다

한 손에는 나팔을 들고
한 손에는 칼을 쥐었으니
나팔소리 하늘을 울릴 때 평화가 가득하고
칼이 휘둘릴 때 땅에선 다툼의 피가 튄다
높낮이가 바뀌고 바뀌며 좌우가 변하고 변하니
오른쪽에 살다가
높은 곳으로 옮길 것이고
왼쪽을 고집하다가
저 깊은 구덩이로 떨어질 것이다.

울림 22

우리에게 우리의 날을 주사
그날의 주인으로 복된 날을 살게 하셨음은
그의 사랑이 펼쳐져 온전히 채워지는 역사라
이는 결코 꿈처럼 허무한 것이 아니라
그 안에서 삶으로 되어지고
가짐으로 누리라고 주신 복이다
함께하는 이 누구인 줄도 모르고
멋대로 울타리를 쳐 출입을 막는가
혼자만의 것이 아니요
바라는 모두에게 주어진 큰 사랑이다
바람이 누구를 구별하더냐
비가 누구를 제외하더냐
그 안에서는 모두가 하나인데
사람들이 서로를 구별할 뿐이라
시절이 가고 시대가 변한다고 그 사랑이 변할 리 없건만
시간 속에 변한 것은 불쌍한 인심이라
제 잘난 듯 보이나 우왕좌왕이요
설왕설래 혼자 떠들다 마는 인생이라
아! 인생아 가련한 인생아 왜 그런 길로 가려 하느냐

다시 전하는 말을 듣고 다시 일어서라

존재의 이유와 가치가 있음을 깨달아라

보고 듣고 깨달았으면 믿고 나와라

나오고 되돌아가지 말아라

평안의 자리를 펼쳤으니 거기서 살아라

그의 날 안에 머무는 인생의 복된 날이 될 것이라

그의 나라와 그의 의를 펴는 인생이여 복되다

미련하여 허물지 말고 지혜 있어 지켜라

입을 다물고 동서남북 떠들지 말아라

덕스럽지 못한 예언은 불의한 것이라

영광을 스스로 취하려는 교만함이니

하늘의 말과 하늘의 계시를 구실로

자기를 드러내려 말아라

판단하지 말고

다만 지키고 지켜 나아가라.

울림 23

밤이 되고 아침이 됨은
죽을 게 죽고 살아날 게 일어섬인데
인생의 죽고 살아남도 마찬가지여서
이 밤에 멈출 자와 아침에 일어날 자가 가려지리라
곧 인생의 안에서도
이 밤에 죽을 심성이 있고 다시 깨어날 심령이 있으니
정결의 예는 새 날을 위해 주신 특권이라
그럼에도 손에는 흙을 묻혔고 발은 똥을 밟고 섰으니
냄새에 마비된 후각이라
살았어도 죽는 일이 세상에 가득하다
안타깝다 아쉽다 탄식소리 높으나
그 소리를 들어야 할 귀가 먹었으니
죽은 자에게서 살아 있는 감동을 어찌 기대하리요
깨어 있으라는 말씀이 그 때문이라
잠은 죽는 것이요
잠자지 않기 위해 기도하라는 것이니
살아 있는 자만이 소리를 내어
생각을 주고받을 수 있음이라
기도가 멈춤은 입이 죽는 것뿐 아니라

입을 움직이는 머리가 죽은 것이고
머리가 죽은 것은 인생 전부가 죽은 것이다
그러니 기도가 호흡이고 생기의 출입이라
어둠이 덮이고 무덤이 봉해지기 전에 빛으로 들어가라
빛을 발하라
빛으로만 어둠을 이길 수 있음이니
살아날 길 아는 대로 실행하고 나가 밝혀라
매일이 새 날이요
새 생명의 탄생이라.

울림 24

해 돋는 데서부터 해 지는 데까지
시야를 펼침에 멈춤이 없어도
시선은 세상에 어둡고 영靈에 밝아야 하리
세상에는 들리는 소리와 보이는 광경이 많으리니
속되고 헛된 데로 기울지 말고 생각의 갈등은 잘라내어
발걸음이 엉키지 않게 똑바로 걸어야 하리
그건 다 혼자 힘으로 할 수 있는 게 아니니
권능 있는 손이 이끌어주리라
열린 창문으로 생기가 들 때
울타리 밖에 유혹의 빛도 기웃거리나
감히 넘어뜨리지는 못하리라
사람들의 무리에는 우매한 일뿐이라
그 웅성거림에 마음 열어 흔들리지 말라
정확하되 편협偏狹하지 말라
진실하되 불화하지 말라
함께함이 즐거우나 구별하여 어울려라
나눠줌이 도리이나 분별하여 속지 말라
할일의 먼저와 나중을 혼동치 말라
배부르고 사치하여 행복 아니다

자족할 줄 알아 평강의 복에 잠겨 흘러라
평화가 행복의 처음과 끝이다
돌아보면 큰 손길 안 미친 무엇 하나 있더냐
아내 되어 이룬 가정을 현숙한 향기로 충일充溢케 함은
책무보다 특권이라
상하와 좌우로 경외敬畏와 자애를 인한
풍성한 세계를 세워감이
발 디뎌 선 땅으로 영광스럽게 함이요
은총 받은 삶의 마땅한 결과여야 하리
그리하여 복되고 복된 삶이
호흡처럼 편하게 되리라.

*생일 맞은 자녀를 위한 기도 중에.

울림 25

언제 한 번이라도 널 잊은 적 있더냐
봄 가을 여름 겨울이 그리도 빨리 지나가니
손꼽아 헤아려보기도 바쁘지만
한사랑 큰마음을 보이는 건 인생엔 없는 그 은혜라
초조할 이유가 없고 가슴 조이며 잠 못 잘 이유가 없느니
모든 일마다 감사할 뿐 매이지 말라
그래도 발걸음은 항상 조심하여
디딜 만한 데로 길을 잡고
보기 좋다 하여 손 내밀지 말라
일찍이 보암직하고 먹음직한 것 피하지 못한
원죄를 깔고 있으나
다시 거기 끌려다니지 않도록 하여라
넘쳐나는 말도 입안에서 되삼켜야 할 때가 있다
끊임없는 생각도 가슴에서 눌러야 할 때가 적지 않다
멈춰야 볼 수 있고 멈춰야 들을 수 있다
막힐 때는 멈출 때인 줄로 알아 가만히 보아라
조용히 들어라
나아갈 길을 찾게 되리라
결국은 형통케 될 인생이니 염려 말라

잠자고 일어나는 일을 헤피 여기지 말고

때 맞춰 쉴 줄 아는 지혜를 가져라

손 안에 쥔 걸 놓치지 않으리라

가슴에 품은 걸 빼앗기지 않으리라

남의 말에 솔깃하여 흔들리지 말라

언뜻 언뜻 눈앞에 어른거리는 것들에 현혹되지 말라

삶이란 놀랍기도 하면서 즐거운 것이다

인생이란 줄은 희로애락이 섞여 꼬여질 때

아름답고 질긴 것이다

이제 미혹되지 않을 그 불혹의 터널을 지나면

인생의 허리가 튼튼한 시절을 맞으리라

지금은 그저 수상한 세월의 가운데에 있어

깊은 물에 가라앉고

거센 물에 잠겨 사라져감이 많이 보이나

이런 천지간에도 내밀어 붙잡아주는 큰 손이 있어

그 손 꼭 붙잡으니 놀람과 두려움을 모르는

평안을 누리며 참으로 안전하리라.

*생일 맞은 자녀를 위한 기도 중에.

울림 26

한 높은 곳을 향하여 그 많은 것을 버림은
속 깊은 분별이로다
남다른 은혜 그로 인한 기쁨은
마르지 않을 샘이요 고여 있지 않을 물이로다
하나님이 두른 울타리를 사람 향해 열었으니
사랑 중의 사랑이요 나라 중의 나라로다
거칠든 순하든 가는 길에 능한 손길 함께하리라
채워지지 않는 수고를 벗고 무섭지 않아 두렴 없으니
적당한 목마름은 주님의 관심이로다
내가 다가가니 주님이 마주 오시고
내 맘을 여니 주님이 들어오시네
주님밖에 의지할 이가 없어 낮과 밤으로 한길을 가니
푸르름의 때를 지나
마당 가득함을 보며 노래하게 되리라
고백으로 드러낸 믿음에 주님이 기뻐하시고
전심의 기도에 주님이 응답하시리
걸음걸음이 길이요
멈출 때 쉬고 누울 때 안전하리라
깊은 물 근원에 삶의 뿌리가 닿으니

때마다 주어지고 철마다 채워지리라
고개 숙이고 허리 굽힐 줄 알 때
이 모든 걸 흡족히 누리게 되리니
결코 갈리지 않은 시험으로
생명의 삶이 풍성하고
가려 보는 눈과 듣는 귀로 택하고 피하며
깨끗하고 넉넉함을 누리리라.

*교우의 딸 결혼식장에서.

울림 27

첫 눈맞춤의 설렘이 가슴으로 전해져
떨림과 울림의 만남으로 두 손 마주잡고
백년 길을 함께 가자는 약속이 깊어
마음 열고 허락한 인생의 동반
맘을 더하며 몸을 합쳤다
그 허허로운 땅에 뿌리를 박아
가지를 내고 줄기를 뻗어 이룬 우뚝함
이제 반백년을 지나
다시 반백년을 향할 때
들이친 청천벽력이었다
끝내 잡을 줄 알았던 손을 잃고
겨우 정신을 차리니
가슴은 뚫리고 찬바람이 숭숭 드나든다
그래도 뿌리가 닳아 쓰러지기까지 버텨야 하리
드높던 기상
겸손히 머리 숙여 하늘의 생각을 살펴
순명하리라
산이 무너지고 땅이 꺼지는 놀라운 일 앞에
다만 손으로 입을 가릴 뿐

부질없다 눈 가리지 않고

남은 날 동안

임 그리며

건실健實하리라.

*배우자 상을 당한 어느 교우를 생각하며.

울림 28

하늘의 빛이 여기 내리비추어 그 얼굴을 환하게 밝히네
하늘의 말씀이 여기 선포되어 그 영혼에 생기를 채우네
지금은 품에 안겼으나 스스로 깨달음의 날이 오면
세상이 줄 수 없는 피의 약속을 알게 되리니
갈길과 누울 곳이 정결하고
눈 돌려 향할 세계가 거룩함이라
이 시간에 하늘에서 기뻐하심이
세상의 온 기쁨보다 크도다
말씀의 가르침대로 따라서 천지간에 분별할 줄을 알면
손과 발이 닿는 곳마다 구별되고
보고 듣는 것마다 유별나리라
지금 아장아장 뗀 걸음이 성큼성큼 나아갈 때
사랑이 피어나고 은혜와 진리로 싸이게 되리라
축하의 박수 소리는 일시적이나 하늘의 우레 소리가
사는 동안 길을 열어 넓히리라.

*2017. 10. 1. 유아세례를 받는 친척의 손녀를 위한 기도 중에.

내 영혼의 자리

초판 1쇄 발행 2022년 1월 15일

지은이 | 김봉겸
만든이 | 이한나
펴낸이 | 이영규
펴낸곳 | 도서출판 그린아이

등록 연월일 | 2003. 12. 02.
등록 번호 | 제2-3893호
주소 | 서울특별시 은평구 녹번로 6-11, 201호
전화 | 02)355-3035
이메일 | gmh2269@hanmail.net

ISBN 979-11-91376-07-4(03810)